一间自己的房间

A Room of One's Own

〔英〕弗吉尼亚·伍尔夫 著

丁丽阳 译

中国长安出版传媒有限公司

图书在版编目（CIP）数据

一间自己的房间 /（英）弗吉尼亚·伍尔夫著；丁丽阳译. — 北京：中国长安出版传媒有限公司, 2025.7. — ISBN 978-7-5107-1170-1

Ⅰ．I561.65

中国国家版本馆 CIP 数据核字第 2025FS9922 号

一间自己的房间

〔英〕弗吉尼亚·伍尔夫　著

丁丽阳　译

出版发行	中国长安出版传媒有限公司
社　　址	北京市东城区北池子大街 14 号（100006）
网　　址	www.changancbcm.com
邮　　箱	capress@163.com
责任编辑	刘英雪
策　　划	黄　利　万　夏
营销支持	曹莉丽
特约编辑	邓　华　张文清
版权支持	王福娇
装帧设计	紫图图书 ZITO
发行电话	（010）55603463
印　　刷	艺堂印刷（天津）有限公司
开　　本	787 mm×1092 mm　32 开
印　　张	6.75
字　　数	99 千字
版　　次	2025 年 7 月第 1 版
印　　次	2025 年 7 月第 1 次印刷
书　　号	ISBN 978-7-5107-1170-1
定　　价	59.90 元

Virginia Woolf.

Virginia Woolf

弗吉尼亚·伍尔夫
《一间自己的房间》诞生之路

女性如果要写小说，
有两项基本条件：
有钱，有自己的房间。

> 第一场演讲

剑桥大学纽纳姆学院餐厅

1928年,伍尔夫受邀到剑桥大学两所女子学院以"女性与小说"为题发表演讲。

10月20日,在纽纳姆学院校长佩内尔·斯特雷奇的促成下,伍尔夫在纽纳姆学院的餐厅面对四十多位听众发表了第一场演讲。佩内尔与伍尔夫同属于布卢姆茨伯里派,她自1909年起便致力于争取女性在学术界获得与男性平等的权利。

第二场演讲

10月26日，伍尔夫在格顿学院进行了第二场演讲。在这场活动中，她接触到了那些与她日常的社交圈完全不同的普通女性，"象牙塔"外的女性现实令她感觉颇为复杂。

剑桥大学格顿学院的古典文学课

她在日记中写道：

"她们极其聪慧、热烈，但也贫穷；她们将来或许会成为一批批女教师。我温和地劝告她们，要喝葡萄酒，要有一间自己的房间……我感到自己已经定型。而没有人因此敬重我。她们都极其热烈，充满自我意识，或者说，对年龄和声望并不在意。"

> 知识的边界

伍尔夫的女性平权思想十分鲜明，即使对邀请方剑桥大学根深蒂固的父权制也毫不客气。她在演讲中提到，她曾试图进入三一学院图书馆查阅威廉·萨克雷的手稿，却被门口的绅士拦下，对方彬彬有礼地告知她："女士若无学院研究员陪同，或手持介绍信，不得入内。"

剑桥大学三一学院图书馆内部

Chapter 1
《一间自己的房间》

"这位年长的绅士尽量亲切有礼地表达着他的轻慢，他压低声音，语带歉意地对我说，只有由学院研究员陪同或手持介绍信的女士才被允许进入图书馆。他摆摆手请我离开。"

> 布卢姆茨伯里派

早在演讲之前,伍尔夫就在布卢姆茨伯里派的群体活动中,宣扬并成熟了自己的女性平权思想。

布卢姆茨伯里派由伍尔夫夫妇、伍尔夫的姐姐瓦妮莎、小说家福斯特、经济学家凯恩斯等人组成,是20世纪英国最著名、思想最先进,也最具叛逆性的贵族知识团体。

《布卢姆茨伯里派回忆》 瓦妮莎·贝尔 绘

伍尔夫的姐姐瓦妮莎和布卢姆茨伯里派的著名画家邓肯·格兰特在1932年绘制、设计的"伟大女性餐盘",是女权运动史上最著名艺术作品之一。该套餐具包括五十张盘子,四十八张为绘有历史著名女性的肖像,其中也包括伍尔夫;其余两张为两位设计者的肖像。

伍尔夫肖像餐盘

伟大女性艺术餐盘

伍尔夫的姐姐：瓦妮莎·贝尔

唯一的男性：邓肯·格兰特

邓肯·格兰特在 1908 年创作的作品《残疾》也生动地呈现了女性争取平等权利的艰难处境——画面中的女子在汹涌的海面上奋力划船驶向英国议会，而男子则凭借选举权的"风帆"轻松前行。这一形象正与伍尔夫在演讲中所描绘的现实相呼应："她们的思想的自由少得可怜，甚至还不如雅典奴隶的儿子，她们写诗的机会也微乎其微。"

《残疾》（艺术家选举权联盟获奖海报） 邓肯·格兰特 绘

整理成书

演讲结束后，伍尔夫将讲稿整理成书。初稿书名为《女性与小说》，后又经过一系列资料的整合与创作，这部作品才以我们熟知的《一间自己的房间》为名，并由伍尔夫和丈夫创办的霍加斯出版社于1929年9月正式出版。

《一间自己的房间》初版封面

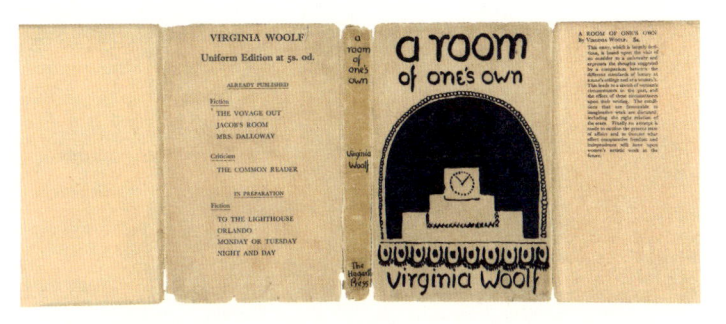

《女性与小说》手稿

尽管布卢姆茨伯里团体以时代弄潮儿著称，但伍尔夫本人对自己能否承受来自传统的压力，并非完全自信。她在1929年10月23日的日记中写道：

"我怀疑书中是否带有一种尖锐的女性口吻，而我亲近的朋友们会对此反感……我会因女性主义者的立场而遭到抨击……我也担心这本书不会被认真对待。"

影响与传承

《一间自己的房间》出版后,迅速成为当时女权运动的核心文本。那句"(要)有钱,(要)有自己的房间",成为近百年来最为响亮的女性主义宣言之一。

目 录 Contents

Chapter 1

"女性与小说"总会挑起人们各式各样的先入之见与激烈情感,而我需要就此话题得出一些结论……女性如果要写小说,有两项基本条件:有钱,有自己的房间。

- 3

Chapter 2

如果女性不居于劣势,就显不出男性的伟大。一定程度上,这解释了为何男性总是需要女性,也解释了为何男性被女性批评时会如此坐立不安。

- 41

Chapter 3

她们承受着无数斥责、侮辱、训诫与规劝。各种成见与论断的抗争和反驳弄得她们神经紧绷、心力交瘁。我们再次触及那个极其有趣却令人费解的男性情结,它强烈影响着女性的运动。

- 69

Chapter 4

散落在伦敦二手书店里那些出自女性之手的小说，就像果园里布满坑疤的小苹果，正是核心的瑕疵导致了它们的腐烂。她为了迎合别人的意见而扭曲了自己的价值观，但在那种环境下，想要始终坚持内心，不被左右，实在难上加难。

- 99

Chapter 5

握紧你手中的火把。你的首要任务，是照亮自己的灵魂，审视它的深刻与浅薄、虚荣与慷慨，明白你相貌的出众或平庸对自己有何意义。同时，你要弄清自己与这变幻莫测、旋转不息的世界之间的关系。

- 137

Chapter 6

因此，我请你们去挣钱、去争取自己的房间，实际上就是要求你们活在现实之中。无论我们能不能将它妥善表达，我们都要活得饱满而蓬勃。

- 165

一间自己的房间

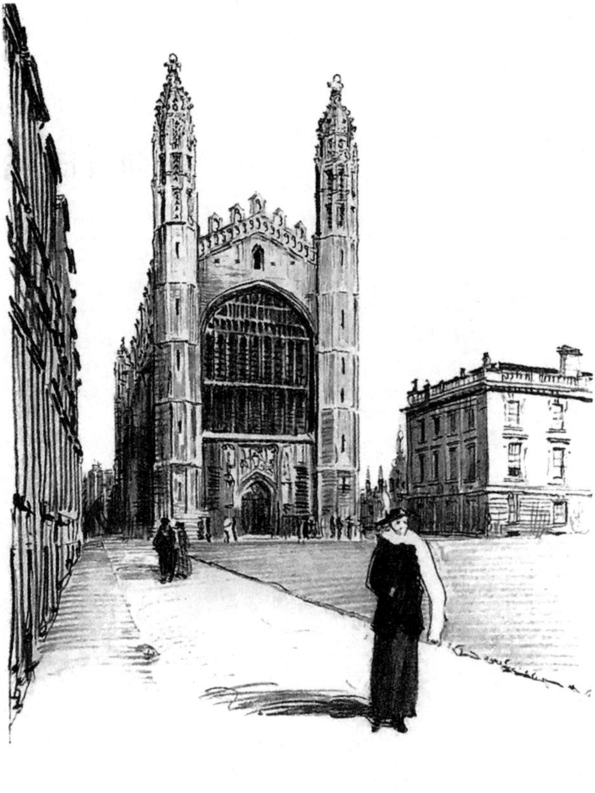

Chapter 1

"女性与小说"总会挑起人们各式各样的先入之见与激烈情感,而我需要就此话题得出一些结论……女性如果要写小说,有两项基本条件:有钱,有自己的房间。

也许你会问，我们请你来谈一谈女性与小说，这跟"自己拥有一间房间"有什么关系呢？请让我为各位解释。收到这一主题的演讲邀请后，我在一条河边坐下，开始思考这两个词意味着什么。也许，我只需要简单讲讲范妮·伯尼[1]，再多说几句简·奥斯丁[2]；向勃朗特三姐妹[3]致敬一番，介绍介绍她们的故居——冰天雪地中的霍沃斯牧师寓所；尽量说几句关于米特福德小姐[4]的俏皮话；充满敬意地提及乔治·艾略特[5]一些作品的典故；最后再讲一两句盖斯凯尔夫人[6]，这演讲就算完成了。但我再仔细一想，"女性与小说"的意涵远非如此简单。这议题或许有好几层意思，可能是探讨女性的特质，也可能涉及女性的书写，还有可能涉及

---

* 本文脚注皆为作者注释，各章节尾注皆为译者注释。

描绘女性的小说，甚至可能意味着，三者之间的关系密不可分，而你们希望听到我从这一角度出发的思考。最后这一思路似乎是最有意思的，但我更深入地想了想，很快发现了以它作为演讲内容的致命缺点：我永远得不出结论。我知道，讲者最重要的职责就是用一个钟头的演讲给你们一句绝对真理，让你们能在笔记本上写下来，一辈子供在壁炉台上。但我永远也做不到这一点。我所能做的是，就一个小问题向你们分享我的观点，即女性如果要写小说，有两项基本条件：有钱，有自己的房间。如你们所见，这并没有解答女性本质与小说本质这类重大问题。这两个问题对我而言依然悬而未决，因此我避免对它们下定论，毕竟这是一种责任。作为弥补，我将尽我所能告诉你们，我是如何得出了金钱与房间的观点的，并且毫无保留地阐述我的思考过程。也许随着我向大家袒露结论背后的想法与偏见，你们就会发现，其中有一些影响了女性，另一些则影响了小说。

无论如何，我们无法指望人们能开诚布公地讨论存在极大争议的话题，性别问题就是这样。我们只能表达自己观点背后的理由，请听众从我们这些片面、先入为主、充满私人偏好的考量当中抽丝剥茧，自行得出结论。在这种时候，虚构故事可能比事实陈述包括了更多的真相。因此，我打算运用身为小说家所享有的创作自由和特权，跟你们说说我来这里之前的两天经历的事情——你们交给我的任务实在堪称重担，我对着这一题目苦思冥想，连日常生活也围绕着它打转。不消说，我讲的这一故事全属虚构，"牛桥"[7]是个编出来的学校，"费恩汉姆学院"也是。而"我"不是第一人称，只是故事主人公的代称，这样方便一些。

在我接下来讲述的这些编造的故事里，或许也夹杂了一部分真理，请你们自行拣出这些真理，决定当中是不是有值得你们保留的部分。倘若没有，你们完全可以把我说的这些东西全部抛诸脑后。

一两个星期以前，我（你也可以管"我"叫玛丽·贝顿、玛丽·塞顿、玛丽·卡迈克尔或者别的什么，随你喜欢，都不要紧）在十月晴朗的天空下坐在河岸上沉思了许久。"女性与小说"总会挑起人们各式各样的先入之见与激烈情感，而我需要就此话题得出一些结论，千思万绪如镣铐般束缚着我。我身旁，一丛丛金色和绯红色灌木在阳光下闪耀着烈焰灼烧般的光辉。举目望向对岸，柳树们长发披散、低泣不止，仿佛要哭到时间尽头。河面倒映着天空、桥梁与燃烧的树影。有学生划着船经过这里，船桨刚划开倒影，水面就迅速愈合了——看上去根本不曾变化，就像从没有人打扰过它的平静。这地方很适合在遐思中消耗整天的光阴。我的思维（这是我对它言过其实的美称）向水中抛出了一根线，它摇曳于水草和倒影之间，过了一分钟又一分钟，在水里浮浮沉沉，直到——你知道的，那种来自水下的轻微拉扯——一个念头蓦然成形，出现在线尾。我接下来要做的是，凝神屏息将线收回，低心下意地将它拉出水面，唯恐一个疏忽就与它失之交臂。念头被拉上岸，就那么被摆在岸边的草地上。唉，它看起来实在太不起眼、太微不足道了，要是经验老到的渔民钓上这种小鱼儿，二话不说就会放回水里，有朝一日它长得更为肥美，才值得一烹，成为餐桌上的佳肴。此刻我还不想用这一念头扰乱你们的心神。但如果各位细心探察，也许能在我后面的讲述中寻到它的踪迹。

不过它就算渺小如斯，也依然具备和它同类一样的神秘特质——把它放回头脑中，就会变得至关重要、令人激动；它在脑海里往返穿梭、忽升忽降、神出鬼没，激起汹涌澎湃的思潮，使我无法继续老实坐在原地。

于是我发现自己正在匆匆行走，脚下是一片草坪。突然，有个男人出现，挡住了我的去路，还比画着在说什么。一开始我并没有反应过来，谁能想到这个穿着晨礼服外套配晚装衬衫、打扮古怪的人是在对我说话呢？这人脸上惊怒交加。最终，我靠直觉而不是理性意识到发生了什么，顷刻间，一串想法涌上心头：他是仪仗官[8]，而我是个女人。这里是草坪，旁边才是铺满石子的小路。只有院士和学者才有资格踩着草坪走路，我该走的是那条碎石小道。直到我重新走到碎石路上，仪仗官才把手放了下来，面色恢复如常。虽然草地比碎石路好走些，但对我来说这倒没造成多大的伤害。我唯一能指控院士和学者大人们的是，就为了保护这片铺了三百年的古老草坪,害我弄丢了我的小鱼,它趁这个时候溜得无影无踪了。

我忘了这是怎样的一条鱼儿,能促使我如此胆大妄为地擅闯草坪重地。那时我内心感受到一阵平静与祥和,宛如一片从天堂飘下的云彩。要说这种心境的栖身之所,势必只能是十月那宜人的清晨时分,这牛桥大学的庭院了。我循着古老的走廊穿行在学校的建筑群中,俗世烦扰似乎都被抚平,我的躯体就像待在隔绝了一切外界声音的奇妙玻璃容器里,心灵也摆脱了现实世界的干扰(除非我又踩上了草坪),自如地沉浸在契合于此时此刻的冥思之中。许是机缘巧合,我记起曾经读过的几篇文章里的只言片语,记叙着长假重游牛桥的经历。这让查尔斯·兰姆[9]出现在我的脑海——萨克雷[10]曾把兰姆写给他的信紧紧贴在前额上,口呼"圣人查尔斯"。兰姆无疑是全世界死掉的人(这是我第一时间想到的词,我不加修饰地呈现给你们)里最让我感到可亲可敬的一位。我真想能有机会亲口问问他:告诉我,你到底是怎么写出那些散文的?在我心目中,兰姆的散文成就甚至胜过文笔圆熟的马克斯·比尔博姆[11]，他笔下满是天马行空的狂野想象，字里行间才华横溢，如同灿烂的闪电划破夜空。也正因为此，这些作品未臻完美却闪耀着诗性光辉。兰姆大约一个世纪前可能到访过牛桥大学，他确实写了篇随笔——我忘了具体名字——说他在这里读到了弥尔顿[12]诗作手稿，我觉得那多半是《利西达斯》（*Lycidas*）。兰姆曾写过，一想到《利西达斯》可能并非浑然天成，就让他心惊肉跳，他甚至觉得，连弥尔顿本人修改任何一个词，都算亵渎神作。这让我不禁在脑中极力回想《利西达斯》的内容，琢磨着弥尔顿可能改了哪儿，又是为什么改的，一时间乐在其中。接着我倏然想起，兰姆读过的手稿就在这里的图书馆，离我不过几百码路。我应当能循着他当年的脚步穿过校园的四方庭院，到那座举世闻名的图书馆去看看这馆藏的稀世珍宝。

我立刻动身，在路上还突然想到，那图书馆里还保存着萨克雷《亨利·艾斯芒德的历史》（*The History of Henry Esmond*）的手稿，文学评论家们一般认为这部小说是萨克雷作家生涯中最完美的杰作，但在我记忆中，这本书的语言模仿了18世纪矫揉造作的风格，读起来实在让人受罪。除非萨克雷是自然而然地写出了上个世纪文风的作品——如果可以看看手稿，就能搞清楚这种改变的目的是突出形式，还是彰显意义。不过，这样我就得先明确"形式"和"意义"的定义，这是个问题——还没想完，我就已经站在图书馆大门口了。我一定是打开了门，因为马上就有位大概算是"守护天使"的先生从天而降，不过他没有白色羽翼，而是身穿飘逸的黑长袍。这位年长的绅士尽量亲切有礼地表达着他的轻慢，他压低声音，语带歉意地对我说，只有由学院研究员陪同或手持介绍信的女士才被允许进入图书馆。他摆摆手请我离开。

一个女人的咒骂对一座著名图书馆来说完全无关痛痒。它庄严神圣、从容自若，将持有的一切珍宝紧紧地抱在怀里，神气十足地沉睡着。我个人觉得，就让它永远沉睡下去吧。我愤愤走下台阶，同时发誓，绝不会主动唤起这番回忆，也绝不会再来这儿请求盛情款待。距离午餐还有一个小时，该怎么消磨这些时间呢？是去草地上漫步一阵儿，还是到河边闲坐片刻？的确，此刻秋高气爽，是个讨人欢喜的上午，树叶已经染上红色，缓缓飘落满地，两个去处应该都颇为惬意。但此时，一阵乐声传进了我的耳朵，像是正在举行某种仪式或庆典。我经过礼拜堂大门，管风琴华丽磅礴的乐音如泣如诉。宗教哀歌在一片肃穆之中，听起来更像是对悲伤的回忆而非悲伤本身，就连古老管风琴的悲鸣似乎也充满了平静。可是，即使我有权踏进这里，也不愿意进去了。毕竟这回拦住我的可能是教堂司事，要求我出示领洗证明书或学监的介绍信。这些宏伟宗教建筑的外观往往也美轮美奂，与内部不相上下。此外，礼拜堂门口人来人往，会众们扎堆成群、进进出出，忙得宛如蜂巢口的蜜蜂，光看看这番景象也足够有趣了。许多人都穿着学位服[13]。有些人肩上的兜帽带有毛皮，有些人则坐着轮椅。还有些人尽管尚属中年，看起来却疲惫不堪，压力造就了他们的奇形怪状，让人不禁想起水族馆里在沙子上艰难爬行的大螃蟹和小龙虾。我倚在墙边看着他们。这所大学当真是个庇护所，保存着这么多稀有的人类品种。要是把他们扔到河岸街[14]的人行道上自生自灭，估计他们很快就会不知所终吧。上了年纪的学监与导师们的陈年旧事又浮现在我的脑海，但我还没来得及鼓起勇气吹声口哨——据说老教授听见口哨声就会脱缰飞奔——可敬的会众们就已经尽数进了屋。

礼拜堂的外观依然完好，正如各位所知，它那高耸入云的穹顶和尖塔，入夜后的灯火通明，远隔群山也能望见它的身影，像一艘永不靠岸的航船。想必，这草坪平整、建筑宏伟、坐拥礼拜堂的四方庭院也曾是一片沼泽地，彼时水草茂密摇曳，猪群拱土觅食。我正站在一堵墙的阴影之下。我想，砌墙的砖石一定是成群结队的牛马从遥远的国度一车车运来的。人们费了很大的力气将这些灰色的石块逐一码放整齐，垒成如今这番模样。此后，油漆工带来了镶窗户的玻璃，泥瓦匠们在屋顶上挥着铲子和泥刀搅抹油灰水泥，世世代代地忙活着。每逢星期六，一定有人从皮质钱袋里掏出真金白银塞到这些老匠人手里，供他们一整晚悠闲地吃喝玩乐。我想，彼时滔滔的金银必定永无休止地流入这个庭院，以维系石料的运输和工匠的劳作：填平、开沟、挖掘、排涝。正值信仰的时代，王公贵族慷慨解囊，为建造奠定深厚的基础。直至石造建筑拔地而起，更多的金钱从他们的金库里倾泻而下，以确保这里响彻赞美诗歌，同时培养饱学之士。大学被赐予土地，教会收取的什一税也支持了学校建设。直至理性取代了信仰的时代，金银仍旧滚滚而来，资助学校成立研究奖学金，并开放了更多教席。只不过，金银不再来自王室库房，而是来自投身工业发了大财的批发制造商。他们在遗嘱中将一大笔钱回馈给培养了他们的母校，增设更多教授、讲师和研究员的职位。因此，几个世纪前水草丛生、猪猡横行的荒凉之处，现在矗立着图书馆、实验室和天文台，玻璃陈列架上摆放着配备了昂贵、精密仪器的一流设备。当然，此刻我绕着庭院漫步，金银打下的地基似乎已足够深厚，人行道牢牢覆于野草之上，头顶托盘的男人争分夺秒地穿行于楼梯之间，窗台花架上开满了俗艳的鲜花，室内传出留声机的刺耳声音。这一切无疑勾起了我的深思——但无论深思的是什么，都被生生打断了。钟声响了，我是时候去赴午宴了。

说来奇怪，小说家总有办法让我们相信，午宴之所以令人难忘，是因为席间的连珠妙语或智者之举。但他们鲜少对食物做什么描述。小说家的惯例是不提汤、三文鱼和仔鸭,就好像汤、三文鱼和仔鸭一点儿也不重要似的,就好像人从不抽烟也不喝酒。然而,在这里,我打算冒昧挑战这一惯例。我要告诉各位,这顿午餐的开胃菜是盛在深盘子里的比目鱼,大学的厨师在上面铺满了雪白的奶油,只露出星星点点的棕褐色鱼身,看上去就像母鹿侧腹的斑点。下一道菜是山鹑,不过,你可千万别误以为它们只是装在盘子里的两只光秃秃的褐色小鸟。这是一道丰盛的大菜,山鹑被各式酱汁与色拉簇拥着,辣味和甜味,井然有序;配菜还有硬币厚度但没那么硬的土豆片,以及像玫瑰花蕾般层层叠叠、鲜嫩多汁的孢子甘蓝。烤肉与配菜刚被吃完,沉默寡言的男仆出现了——也许就是之前那位仪仗官,只不过换上了更温和的言行,他端上一道甜点,层层洁白的餐巾环绕其外,宛若自波涛间跃然而起的糖霜之作。称它为布丁,那用大米和木薯粉做的东西,简直是一种亵渎。与此同时,人们的酒杯一次次被注满白葡萄酒和红葡萄酒,又一次次被喝得一滴不剩。就这样,脊柱中间那段灵魂寓居之处,渐渐地燃起了光芒,不是两片嘴唇之间一闪即逝的才智火花,而是更深刻、含蓄和隐秘的辉光,是理性交流产生的温暖的黄色火焰。无须着急慌忙、无须神采飞扬、无须成为任何人，只需要保持自我的模样。我们都会升上天堂，范戴克[15]也和我们同在——换句话说，点燃一根上等香烟，让自己陷入靠窗座位上的软垫当中。此时生活显得多么美好，它给予我们的回报多么甜美，这样、那样的芥蒂和委屈多么不足挂齿，友情和人类社会多么值得赞美。

要是凑巧我手边有个烟灰缸，不用向窗外弹烟灰，要是事情的发展稍有差池，我可能就不会看到那只没有尾巴的猫了。身体线条陡然中断的动物轻手轻脚地穿过四方庭院的这一幕，由于潜意识里的某种偶然因素，改变了我情感上的视角。就好像有人拉下了遮光窗帘。或许是德国优质白葡萄酒的劲儿已经过了。当我看着这只马恩岛猫在草坪当中停下脚步，仿佛也在质疑宇宙时，我确实感到好像少了些什么，有什么事情变得不同。我边听人们的谈话，边问自己：少了什么？有什么不同呢？要回答这两个问题，我就得把自己的思绪带离这个房间，回到过去——准确地说是回到战前[16]，将视线投向另一场午宴，虽然地点距此不远，但二者有天壤之别。一切都不一样。眼下宾客如云，青春洋溢；男男女女，相谈甚欢。他们畅所欲言、谈笑风生。将眼下谈话的声音置于昔日午宴聚会的背景下对照，我毫不怀疑今日的场景是过去的后裔，是合法的继承者。没有什么发生了变化，只不过——我在这儿全神贯注倾听的并不仅仅是人们的交谈，还分神留意着谈话背后的低语和潜流。是了，不同之处就在于此。战前的这类午宴聚会上，人们的谈话固然如出一辙，听来却迥然不同。因为那时候，谈话还伴随着一种哼唱般的声音，不甚清晰却悦耳动听，令人心潮起伏，足以改变话语本身的意涵。文字能描述得了这种哼唱吗？或许凭借诗人的力量是有可能的……我随意翻开手边的一本书，恰巧是丁尼生[17]的诗篇。于是我发现丁尼生正在吟唱：

> 一颗璀璨的泪珠滚落，
> 来自门口的西番莲。
> 她来了，我的白鸽，我的爱人；
> 她来了，我的人生，我的命运；

>红玫瑰高呼,"她的气息已近";
>
>白玫瑰啜泣,"她的步伐来迟";
>
>飞燕草侧耳倾听,"我听见了她的足音";
>
>百合花柔声细语,"我在这里静候芳踪"。

战前,男人们在午宴上哼唱的就是这个吗?那女人们呢?

>我心犹如鸟儿啭鸣,
>
>河畔枝头筑巢安居;
>
>我心犹如苹果大树,
>
>枝条低垂硕果累累;
>
>我心如同虹色贝壳,
>
>宁静海中荡起波浪;
>
>我心欢悦无与伦比,
>
>全因挚爱相伴相依。

这是女人们午宴上的哼唱吗?

一想到战前的人们在午宴上竟然哼着这种小调，我就忍俊不禁。我不得不指着草坪中央的那只马恩岛猫，为笑声找个借口。可怜的没了尾巴的小东西，它看起来确实有点儿可笑。它是真的生来如此，还是在意外中丢掉了尾巴？据说马恩岛出产这种无尾猫，但它比我想象的更为稀奇。这种动物怪里怪气，与其说它美，不如说它富有怪趣。有没有尾巴的差别居然这么大——你知道，午宴散场，人们找寻大衣和帽子时会这么闲聊两句。

由于主人热情好客，午宴结束时已近黄昏。明媚的十月天光逐渐暗淡，我穿过林荫大道，树叶簌簌坠落。身后的大门一扇扇渐次关闭，似乎在与我礼貌地诀别。数不清的仪仗官正将数不清的钥匙插入保养良好的锁孔，宝库又将安然度过一夜。过了大道，另一条路出现在眼前——我忘了它的名字了——但只要方向正确，就能沿这条路抵达费恩汉姆[18]学院。不过时间还很充裕，晚餐要到七点半才开始。而且，在今天这顿午宴之后，晚餐倒也不必吃了。真是奇怪，那些诗的只言片语在我头脑中盘旋不去，连步伐也合上了那些韵律：

> 一颗璀璨的泪珠滚落,
>
> 来自门口的西番莲。
>
> 她来了,我的白鸽,我的爱人……

我快步走向海丁利,吟唱声在血液里回响。走到另一处所在,水流冲撞着堤坝,激荡汹涌。我的吟唱也换了种节拍:

> 我心犹如鸟儿啭鸣,
>
> 河畔枝头筑巢安居;
>
> 我心犹如苹果大树……

诗人!暮霭沉沉中,我像人们常做的那样放声呐喊,多么伟大的诗人啊!

或许是出于某种忌妒,我的思绪继续铺展,现在人们真能找到二位活着的诗人,与当年的丁尼生与克里斯蒂娜·罗塞蒂[19]并驾齐驱吗?尽管我心知肚明,在我们这一时代做如此对比,确是谬想天开。我凝视着泛起泡沫的水流,心想,将任何人与他们相提并论,明显都是徒劳。那些诗之所以能让人这般如痴如狂、欣喜万分，正是因为它们歌颂了人们都曾拥有过的感受（也许就是对战前午宴的体会），我们才能轻而易举地产生共鸣，不必费心去核验，也不必拿它和今天的任何感觉相比较。但在世的诗人所抒发的情感，却是当下我们的亲身体验，是从心底生生撕扯而出的。起初，人们无法认出它来，而通常出于某种原因又会对它心生惧意。人们会紧密观察这种情感，怀揣妒火与疑心，比较它与自己熟悉的过往感受。现代诗就是这么难，也正因为这么难，不管是哪位杰出的现代诗人，我顶多只能记住他们的两行大作。由于我记性太差，此问题的论证活动因缺乏材料而告吹了。

但是，为什么？我继续向海丁利踱步。为什么我们不再在午宴时哼唱了？为什么丁尼生不再吟唱"她来了，我的白鸽，我的爱人"？

为什么克里斯蒂娜不再应和"我心欢悦无与伦比，全因挚爱相伴相依"？

难道要归咎于战争吗？1914年8月，枪声响起之时，男人和女人的面容在彼此眼中是否失却了魅力，以致浪漫被全然扼杀？当然，在炮火中看清统治者的真面目实属震撼（在某些对教育仍心存幻想的女性心中更是如此）。他们看来如此面目可憎——无论是德国人、英国人还是法国人——且愚不可及。但无论归咎于什么、归咎于谁，那激发丁尼生和克里斯蒂娜·罗塞蒂热烈歌颂爱人到来的幻觉，如今变得愈发不可多得。人们只能去阅读、去观看、去聆听、去回忆。但为什么要用"归咎"呢？倘若那只是一场幻觉，为什么不赞美那场人类浩劫？毕竟它不但摧毁幻觉，还揭示了真相呢。真相……（这几个点代表我在寻求真相时错过了正确的路口，我该在那里转弯去费恩汉姆的）我问自己：到底什么是真相？什么是幻觉？举例来说，路边这些屋子，它们的真实面目是什么样？此刻夕阳西沉，它们的红色窗户透出朦胧的微光，洋溢着温暖的节日气氛。可是，在早上九点钟的火红朝阳中，它们又赤裸裸地展示着脏乱与危险，散落了一地甜食和鞋带。还有这些柳树、河流与河畔的花园，此刻在弥漫的雾气中朦朦胧胧，而阳光驱散雾气后，又生机勃勃、色彩绚烂——这两幅景象，哪种是真相，哪种是幻觉？我就不再赘述内心的百转千回了，因为在去海丁利的这一路上,没能得出丁点儿结论。请你就当我立刻发现走错了路,折返回来重新往费恩汉姆前进吧。

我已经说过那是十月的一天,因此,我不敢妄改说法,描写园墙上的紫丁香、番红花、郁金香和其他春天盛放的花朵,这会让我丧失各位的尊重,还会危及小说的美名。虚构的小说必须忠于事实,越是真实,小说就越好——我们被如此告知。因此,现在仍是秋季,落叶依然枯黄,就是比之前落得更快了一点儿,因为现在已是晚上(精确地说,是晚上七点二十三分),还有一阵微风(准确地说,是西南风)吹来。即便如此,还是有些异常的动静响起:

> 我心犹如鸟儿啭鸣,
>
> 河畔枝头筑巢安居;
>
> 我心犹如苹果大树,
>
> 枝条低垂、硕果累累……

也许克里斯蒂娜·罗塞蒂的诗句要对这些愚蠢幻想负一部分责任——这当然只是我的空想——丁香花在

园墙上摇曳，钩粉蝶上下翻飞，花粉尘埃在空中飘扬。不知从哪里来的风掀起了还没完全长好的树叶，在空中划过一道银灰的闪光。日夜交替之际，一切色彩都更为鲜明浓烈。深紫与金黄在窗户上燃烧，宛如心脏在激烈跳动。那一刻世界之美在此显露无遗，但很快又会消逝无踪（我冒冒失失地径直走进花园，因为发现门没关严，周围似乎也没有仪仗官的身影），即将湮灭的世界之美犹如双刃利器，一刃是欢笑，一刃是苦痛，把人心割成碎块。春天的暮色中，费恩汉姆的花园在我眼前静静敞开，一派萧索景象。黄水仙与蓝铃花被漫不经心地抛撒在深莽之中，即使是在最理想的时光里也从未有人精心照管，而此刻它们在风中挣扎，被拉扯得东倒西歪。云彩在春日天空中奔涌流动，建筑物的窗户像船只的弧形舷窗，在红色砖块铺就的波涛中映照着天色，被从柠檬黄染成银白。有人正躺在吊床上，在晦暗不明的光线中，身影若隐若现、似真似幻，飞快掠过草地——没人拦住她吗——随后，露台上出现一道佝偻的身影，仿佛正在呼吸新鲜空气，她向花园投来威严而谦逊的一瞥，我看见了宽阔的额头与破旧的衣裙——莫非她是那位著名学者 J.H.[20] 本人？

这氛围虽不鲜明，但又充满强烈的张力。仿佛黄昏为花园披上的薄纱被星星或利剑撕裂——某种骇人的现实从春天的心脏里腾跃而出，划出一道狰狞的伤口，一如往常。因为青春……

宽敞的宴会厅里，晚宴正在进行。现在根本不是春天，而是十月的一个夜晚。所有人都聚集在大宴会厅里。晚餐已经准备完毕。汤被端上来了，是一道普通的肉汤，内容毫无遐想余地。汤稀得能看清盘子上的每一道花纹，如果它有的话。但这盘子是个素盘，没有花纹。下一道菜是牛肉和惯例会搭配的蔬菜加土豆——家常菜老三样，让人联想到泥泞的市场上卖的那些牛臀肉和边缘卷曲发黄的菜叶子，以及周一早上提着买菜网兜的妇女在讨价还价。这些人类的日常食物不该遭受任何抱怨，至少它们分量十足，而煤矿工人无疑还饿着肚子干活儿呢。随后端上桌的是西梅干和蛋奶冻。如果有人抱怨西梅（即使已经配上蛋奶冻来中和口感）是种穷酸的蔬菜（不是水果），干巴得像守财奴的心，少得可怜的汁液宛如流淌在守财奴身体里的血（这些抠门儿的家伙克扣了自己八十多年，不喝酒也不取暖,但也不给贫民施舍半点儿),他理应反思反思,世上有人慈悲为怀,连西梅干都能包容。最后上的是饼干和奶酪。这时候人们开始频繁传递水罐,因为饼干本来就很干,而这些饼干又特别地道,于是就干得如此彻底。就这些了。晚餐到此结束。所有人都把椅子往后推,站了起来。双向门剧烈地来回开关。很快,整个大厅就被收拾一空,无疑是要为次日早餐做准备。英格兰的年轻人在走廊和楼梯间又唱又闹。我——一个客人、一个外人(我在费恩汉姆和在三一学院、萨默维尔学院、格顿学院、纽纳姆学院或基督堂学院一样,都没什么话语权),显然没有立场说"晚餐不好吃"或是(我和玛丽·塞顿正坐在她的会客室里)"我们就不能单独在这里用餐吗"?要是我真说出这种话,就太过唐突了。毕竟这就等于是在打探别人的家底,而这所学院对外展示的形象是光鲜亮丽、一往无前的。不,我什么都不该说。谈话的确有一瞬间的停滞。人体结构天生就是这样,心脏、身体与大脑密切相连,并非独立分隔在不同的隔间里,在一百万年之内都不会真正分家。因此,一顿丰盛的晚宴对谈话的愉快程度是至关重要的。如果你连吃都吃不好,又怎么可能思维敏捷、情感澎湃，或是安然入梦？牛肉和西梅干可无法点燃我们的灵魂之火。结束了一天的工作后，牛肉和西梅干只能催生出一种犹疑不定、毫不明朗的心态——我们死后大概都会升上天堂，我们也希望范戴克会在下个转角接应我们。

所幸我的朋友是位科学教师，有个摆着矮瓶子和小玻璃杯的橱柜——（不过，应该有比目鱼和山鹑来下酒才对）——我们才得以坐在壁炉边，修复整日来遭受的种种创伤。没过多久，我们开始畅谈那些奇闻逸事，那些话题在独处时浮现于脑海，与友人相聚时，就顺理成章地拿来探讨——谁结婚了，谁还是单身；谁对某事这么看，谁又那么看；谁在学术上的进步全面而神速，而谁又出人意料地一落千丈——我们自然而然地从谈话中衍生出对人性的揣测，也探讨着我们生活其间的这一奇妙世界的本质。

然而，在聊天的同时，我渐渐羞愧地意识到，一股思潮正不受控制地形成，让谈话流向某个特定的结局。我们嘴上谈论着西班牙或葡萄牙、书籍或赛马，但真正勾起谈兴的并非这些，而是大约五个世纪前泥瓦匠高踞屋顶之上的忙碌场景。王公贵族们把论麻袋装的金银财宝一股脑儿灌进地底，这鲜活的一幕在我脑海中反复上演，与另外一个场景相对应：瘦骨嶙峋的牛、泥泞的市场、枯萎的蔬菜、老人那干瘪的心——这两幅画面，虽然彼此割裂、毫无关联、毫无逻辑可言，却在我脑海中不断缠斗，我的思绪完全受它摆布。要想避免整场谈话被曲解，最明智的做法是将我心中的想法开诚布公地暴露在空气当中，如果走运，它们或许会像温莎城堡下的国王头颅[21]一样，揭开棺椁时，便就此风化、分崩离析。然后，我向塞顿小姐讲述了那些经年累月在教堂屋顶劳作的泥瓦匠，以及那些肩扛一袋袋金银，将它们埋进地底的国王、王后和贵族们；接着又讲到，或许我们这一时代的金融大亨也只是用支票和债券替换了前人放置的金条与粗金块。我说，这些都埋在学院的地底。而我们现在所坐之处，这个学院，它雄伟的红砖建筑与杂草丛生的花园下又是什么呢？我们进餐时使用的粗朴瓷器，以及（我没来得及住嘴，不小心脱口而出）那些牛肉、蛋奶冻和西梅干，它们背后有什么样的力量？

嗯，玛丽·塞顿说，大概1860年前后——"噢，但是你应该知道这件事吧"。我想这段往事，她应该已经说烦了。但她还是讲了下去——筹办学校时，女人们租了房子、成立了委员会、写了地址寄了信、起草了通告、举行了会议、宣读了正式文书。某某人许诺会拿出多少钱，相反，某某先生却连一分钱也不愿出。《周六评论》(*Saturday Review*)的报道更是粗鲁而失礼。怎么才能凑一笔钱交房租？要不要举办义卖会？能不能找个漂亮的女孩坐前排撑场面？让我们看看约翰·斯图亚特·穆勒[22]对这一问题怎么看。有人能说服某报编辑刊登公开信吗？能请某某女勋爵签个名吗？某某女勋爵不在城里。六十年前，情况就是这样，为此她们要花费大量精力与时间。经过艰苦卓绝的努力，她们才能凑够三万英镑[①]。因此，她说，显然我们难以

---

① 有人告诉我们，我们至少应该要求三万英镑……考虑到大不列颠、爱尔兰和殖民地只有一所这样的学院，而男校筹集巨额资金有多么轻而易举，这钱并不算巨款。不过，再考虑到真正希望女性接受教育的人何其之少，这又已经算是一笔大数目了。——《埃米莉·戴维斯与剑桥大学格顿学院》(*Emily Davies and Girton College*)，斯蒂芬夫人（Lady Stephen）著。

拥有葡萄酒、山鹑以及头顶锡盘的仆人。我们也没钱置办沙发和独立的房间。"各种铺排,"她援引了某本书上的内容,"都得等等再说。"①

那些女人年复一年地劳作,也依然很难攒下两千英镑,可想而知为了凑足三万英镑,她们要经历多少艰难险阻。一想到此,我就忍不住对我们这一性别的贫困境遇发出一声哂笑。我们的母亲在做什么呢?居然没给我们留下一点儿财产?她们在涂脂抹粉、逛商店买东西,还是在蒙特卡洛的阳光里大出风头?壁炉上摆着几张照片,玛丽的母亲——如果是她的话——在闲暇时可能挥霍过人生(她跟一位教会牧师生了十三个孩子)。倘若确实如此,那么恣意浪荡的生活在她脸上可没留下多少满足的痕迹。她是位身材、相貌都平平无奇的老妇人,格子披肩上系着巨大的宝石披肩扣。她正坐在一张篮形椅上,哄一条西班牙猎犬看镜头,脸上的神情紧张又愉快。因为她知道只要灯泡一亮,狗就会开始动弹。如果她去做生意,成为人造丝

---

① 凑到的每一分钱都用来盖房子了,其他设施就只能推到以后再说了。

制造商或证券交易所巨头，抑或捐二三十万英镑遗产给费恩汉姆学院，那么我们女人今晚就可以舒舒服服地坐在一起，谈论考古学、植物学、人类学、物理学、原子本质、数学、天文学、相对论或者地理学了。

要是塞顿夫人和她的母亲，以及她母亲的母亲都生财有道，并且像她们的父亲和祖父那样，将遗产用于资助大学增加女性研究员与讲师职位、设立颁发给女性的奖项与奖学金，那么，我们也许可以坐在这儿单独享用美餐，并开一瓶好酒来搭配佳肴。我们也许可以从事那些得到前人慷慨资助的职业，度过美满又体面的一辈子，这一切都不是奢望。我们可以探索新知或从事写作；可以在全世界的神圣古迹闲逛；可以坐在帕特农神庙的台阶上潜心冥思；可以每天上午十点才去上班，下午四点半就能舒舒服服地回家写点儿诗。只不过，如果塞顿夫人从十五岁开始经商，玛丽就不会出生了——这是我这番论证中的最大问题。我问玛丽，她怎么想。

窗帘外面，十月的夜晚宁静迷人，树叶已经发黄，刚好能从树梢之间看到一两颗星星。她是否愿意放弃曾经的回忆——那些在苏格兰嬉耍打闹的童年与她永远也夸不够的苏格兰空气和糕点（她的家庭虽然人很多，但温暖美满）——就为了让费恩汉姆获得五万英镑左右的资助？因为要想有钱资助大学，就必然无法兼顾家庭。没有人能做到既赚大钱，又能生养十三个孩子。让我们考虑一下实际情况。首先，生个孩子需要怀胎九个月。婴儿出生后，你得花三四个月的时间哺乳。当然，此后还有五年时间得陪孩子，总不能任由儿女满大街乱跑吧。见过俄罗斯无人照管的孩子四处流窜之人都表示，这种景象并不令人愉快。人们说，一到五岁是塑造孩子人格的时期。我说，如果塞顿夫人一心扑在赚钱上，你还会记得童年的嬉笑打闹吗？你又上哪儿去了解生于斯、长于斯的苏格兰呢？对那新鲜的空气、美味的蛋糕以及其他事物，你还会留下印象吗？不过这些提问毫无用处，因为如果假设成立，你根本就不会出生。那么，如果塞顿夫人和她的母亲以及母亲的母亲都积累了巨额财富，并且用来支持大学和图书馆，情况又会怎么样？这一问题同样毫无意义。首先，她们就没有可能赚到钱；其次，就算她们能赚钱，法律也剥夺了她们持有自己劳动收益的权利。直到最近的四十八年[23]里，塞顿夫人才拥有了属于自己的一点儿小钱。在此之前长达几个世纪，她的财产都得归她丈夫支配——也许这种观念就是塞顿夫人和她母亲、母亲的母亲……没有踏进金融界的原因。她们会认为，我赚来的每个子儿都会被夺走，然后由我聪慧的丈夫判断如何处理——也许会用来在贝利奥尔学院[24]或国王学院捐赠奖学金或者教席。所以，就算我能赚钱，我也不会感兴趣。这种事情还是留给那些男人去做吧。

无论那位正盯着那条西班牙猎犬的老太太是否应当对此负责，毫无疑问，出于某种原因，我们的母亲对事务管理不善。她们没留下一分钱，能让我们用于"生活福利"——包括山鹑和葡萄酒、仪仗官和草坪、书籍和雪茄、图书馆和休闲。在荒地上盖起光秃秃的建筑已经是她们能力的极限了。

于是，我们站在窗前，像成千上万的人每晚所做的那样，眺望脚下这座著名城市的穹顶与塔楼。在秋月的照耀下，它美轮美奂、神秘莫测。历史悠久的石材看上去洁白无瑕，令人肃然起敬。我想到下面那个学院里珍藏着的书籍；想到镶板房间里悬挂着的教长与伟人的画像；想到透过彩绘玻璃窗在人行道上投射出地球与新月形状的光斑；想到石碑、牌匾、铭文；想到喷泉和草地；想到能俯瞰静谧方庭的安静房间。我还想到了（请原谅我）令人心醉的烟和酒，可以深深陷坐其中的扶手椅与舒适的地毯，那种从阔绰、隐秘、不受干扰的空间中诞生出来的雍容闲雅、谦和可亲、尊贵庄严。我们的母亲当然没能为我们提供任何与之相匹敌的条件——毕竟她们要经历千辛万苦才能凑足三万英镑，还要为圣安德鲁斯教区的牧师生养十三个孩子。

于是我走回下榻的旅馆。当走过黑暗的街道时，我思前想后，就像人们结束一天的工作后常做的那样。我思索着，为何塞顿夫人没钱可留给我们？贫穷对思想有什么影响？财富又对思想有什么影响？我想起了早上看到的那些肩披毛皮的古怪老绅士，我记得，要是吹声口哨，他们中就会有人拔腿狂奔。我想起礼拜堂那轰隆作响的管风琴,还有图书馆那紧闭的大门。我想起被拒之门外有多令人不悦;我又想,或许被锁在里面更糟糕。我想着一个性别享受着富足与安稳,而另一个性别却深陷贫穷与动荡。我还想,文化和社会传统的支持与否对写作者的心灵会产生什么样的影响。最后,我终于觉得,是时候把这皱皱巴巴的一天,连同论证、感想、怒火和笑声一道卷起来,扔进树篱里去了。万千星辰在天空的蓝色荒野上明明灭灭。我似乎在孤独地面对一整个难以捉摸的社会。所有的人都在梦里——俯卧、平躺、无声无息。牛桥的街上似乎空无一人,连旅馆的大门,也像是在无形之手触碰下猝然洞开的——没有门房起来替我照路回屋,时间实在太晚了。

尾注

1 范妮·伯尼（Fanny Burney, 1752—1840），婚后名为达布雷夫人（Madame d'Arblay），英国女小说家、书简作家与剧作家。

2 简·奥斯丁（Jane Austen, 1775—1817），英国女小说家，主要作品有《傲慢与偏见》(*Pride and Prejudice*)、《理智与情感》(*Sense and Sensibility*) 等。

3 勃朗特三姐妹（Brontë Family 或 The Brontës），英国三位著名女作家，是亲生姐妹。她们分别是：夏洛蒂·勃朗特（Charlotte Brontë, 1816—1855），代表作《简·爱》(*Jane Eyre*)；艾米莉·勃朗特（Emily Brontë, 1818—1848），代表作《呼啸山庄》(*Wuthering Heights*)；安妮·勃朗特（Anne Brontë, 1820—1849），代表作《荒野庄园的房客》(*The Tenant of Wildfell Hall*)。

4 南希·米特福德（Nancy Mitford, 1904—1973），英国女小说家、传记作家、记者，代表作有《逐爱》(*The Pursuit of Love*)、《恋恋冬季》(*Love in a Cold Climate*)。

5 乔治·艾略特（George Eliot, 1819—1880），英国维多利亚时代重要的女性小说家、诗人、记者，真名玛丽·安·埃文斯（Mary Ann Evans），乔治·艾略特是笔名。主要作品包括《弗洛斯河上的磨坊》(*The Mill on the Floss*)、《织工马南》(*Silas Marner*)、《米德尔马契》(*Middlemarch*) 等。

6 伊丽莎白·盖斯凯尔（Elizabeth Cleghorn Gaskell，1810—1865），也称盖斯凯尔夫人，英国维多利亚时代女小说家。代表作有《玛丽·巴顿》(*Mary Barton*)、《南方与北方》(*North and South*)等。

7 原文"Oxbridge"来自"Oxford"（牛津）与"Cambridge"（剑桥）。

8 仪仗官（Beadle），包括剑桥大学在内的英国大学中一种职位，在重要集会与典礼等场合负责协助学校高级管理人员与贵宾履行礼仪规范、维持秩序等。

9 查尔斯·兰姆（Charles Lamb，1775—1834），英国散文家、剧作家、诗人。

10 威廉·梅克比斯·萨克雷（William Makepeace Thackeray，1811—1863），英国维多利亚时代小说家，代表作为世界名著《名利场》(*Vanity Fair*)。

11 马克斯·比尔博姆（Max Beerbohm，1872—1956），英国著名作家、评论家。

12 约翰·弥尔顿（John Milton，1608—1674），英国文学史上极具影响力的诗人，代表作品是长篇史诗《失乐园》(*Paradise Lost*)。

13 学位服，亦称作学位袍，由四方帽、流苏、学位袍、垂布四部分构成，是获得学位（博士、硕士、学士学位）资格的人士出席毕业典礼或其他重大庆典时穿着的正式礼服。英国最先开始规范学位服的正是牛津大学和剑桥大学。

14　河岸街（the Strand），伦敦西敏市的一条街道，在19世纪成为新兴的文艺场所，吸引了许多前卫作家与思想家，并在许多文学作品中被提及。

15　范戴克（Anthony van Dyck，1599—1641），巴洛克时期著名画家，以肖像画闻名。他的作品对英国艺术的发展产生了深远的影响，尤其是在查理一世时期，他成为王室御用首席宫廷画家，为英国贵族和王室成员绘制了许多著名的肖像画。

16　指第一次世界大战。

17　阿尔弗雷德·丁尼生(Alfredlord Tennyson，1809—1892)，英国维多利亚时代诗人，代表作为组诗《悼念》(*In Memoriam*)。

18　以剑桥大学纽纳姆学院（Newnham College）为原型虚构，该学院成立于1871年，是剑桥大学第一所女子学院。

19　克里斯蒂娜·罗塞蒂（Christina Georgina Rossetti，1830—1894），英国维多利亚时代著名女诗人，作品兼具抒情性、神秘性和宗教性。

20　J. H. 指简·艾伦·哈里森（Jane Ellen Harrison, 1850—1928），英国维多利亚时代古典学者和语言学家，古希腊宗教和神话研究的创始人之一，是剑桥学派的代表人物，被认为是英国首位女性"职业学者"。

21 这里指的是英王查理一世，是英国历史上唯一被公开处决的国王。1649 年被处决后，他被秘密埋葬在温莎城堡。据历史记录，1661 年查理二世复辟后，查理一世的遗体被重新挖出进行了官方检查，以确认身份，并重新安葬在威斯敏斯特教堂。伍尔夫提到的应当是这一历史事件。

22 约翰·斯图亚特·穆勒（John Stuart Mill, 1806—1873），19 世纪英国著名的哲学家、经济学家和政治理论家，同时也是一位社会改良主义者。他坚定支持性别平等，对女性的评价和观点在当时是非常进步和前卫的。穆勒认为女性应与男性享有平等的教育、工作和社会地位。他的《妇女的屈从地位》(*The Subjection of Women*) 一书，详细论述了女性在社会、法律和家庭中所受到的不平等待遇，并呼吁社会对女性的权利和地位进行改革。

23 1882 年，英国的《已婚妇女财产法》才规定，英国已婚妇女有权支配自己的财产。在此之前，她们的钱都由丈夫支配。而本文写于 1929 年。

24 贝利奥尔学院（Balliol College）是牛津大学最著名、最古老的学院之一，以活跃的政治氛围著称，校友包括多位英国首相和英国政界要人。

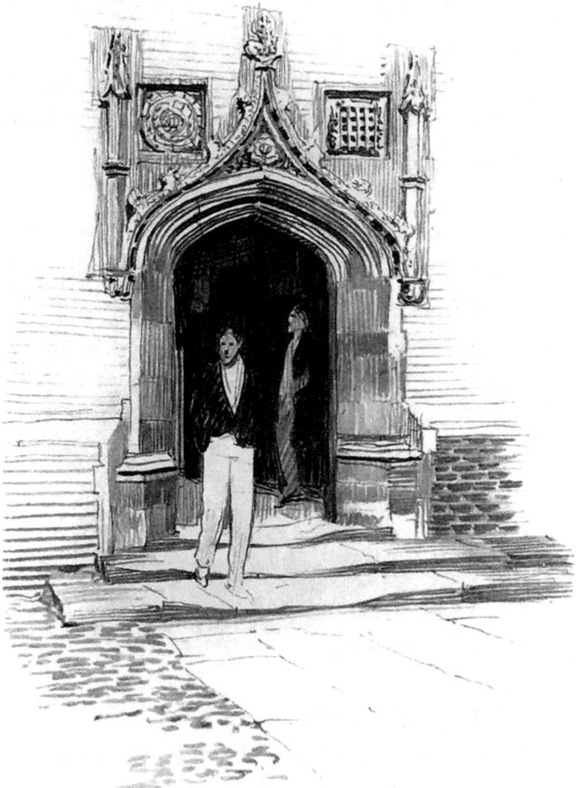

Chapter 2

如果女性不居于劣势,就显不出男性的伟大。一定程度上,这解释了为何男性总是需要女性,也解释了为何男性被女性批评时会如此坐立不安。

现在，移步换景，且随我来。依然是树叶纷纷飘落的景象，但此刻我们身在伦敦，而非牛桥。我得请各位想象一个房间，与其他不可计数的房间一样，有一扇窗，向外望去，先看见街道上行人的帽子、大篷货车与汽车，之后是街对面的窗户。房间的桌上摆着一张白纸，上面写着"女性与小说"这几个大字，除此之外，什么也没有。不幸的是，在牛桥用过午、晚两餐之后，似乎就得去大英博物馆看一看了。我必须滤掉一切主观与偶发因素，才能提取出纯净的流体——真理的精华。那次访问牛桥的经历，以及那儿的午宴与晚餐，使我满腹疑窦、难以释怀。

为什么男人喝的是酒，女人喝的却是水？

为什么一个性别如此富足，而另一个性别如此贫穷？

贫困对小说创作有什么影响？从事艺术创作需要哪些条件？

我脑海中涌现了无数问题，但我需要的是答案，而非问题。想得到答案，只能向博学多才、不带偏见的人求教，这些人早已不囿于口舌之争，也远离了世俗纷争，将自己的推理与研究成果连缀成篇，藏于大英博物馆中。我拿起笔记本和铅笔，自问：要是真理不在大英博物馆的书架上，那还能在哪儿呢？

就这样，准备就绪，我满怀自信与求知欲，踏上了求索真理之路。尽管今天没有下雨，却也阴云密布。博物馆一带，街上四处可见大敞着的煤仓洞口[1]，一麻袋一麻袋的煤正被流水般向里倾倒；停在人行道上的四轮马车正卸下一些用绳索捆扎好的箱子，或许里面装的是某个瑞士或意大利家庭的全部衣物，他们在隆冬时节来到布卢姆茨伯里寄宿公寓，不是为了求财，就是为了保命，还可能是为了其他令人向往之物。一如往常，声音嘶哑的小贩在街上推着手推车兜售植物，有些人放声吆喝，有些人引吭高唱。伦敦就像一座工厂，像一台织机，我们都在素朴的底布上来回穿梭，试图织出些图案与花纹。大英博物馆是这座工厂的一个部门。推开双向门，我站在宏伟的穹顶之下，仿佛自己也成了这锃光瓦亮的"大脑门"里的其中一个念头，包围我的则是一串串如雷贯耳的姓名。我走到柜台前，取了一张借书登记卡，打开一卷藏书目录·····（此处的五个点代表了我整整五分钟的错愕、惊奇与茫然）各位知道每年有多少关于女性的书出版吗？各位又是否知道，其中有多少书出自男人之手吗？各位有没有意识到，女人可能是宇宙中被讨论最多的动物。我带着笔记本和铅笔，本打算花一整个上午来阅读，并且以为读完书后，真相就能来到我的笔记本上。然而，此时我想，我可能得变成一群大象或是变成遍布荒野的蜘蛛，总之只有变成那些人们认为最长寿、眼睛最多的动物，才能应付得了这里汗牛充栋的藏书。我需要钢爪和铜喙，才能透过表面，深入真理的本质。从浩如烟海的书籍资料里披沙拣金，无异于大海捞针，我要怎么做呢？自问的同时，我在万念俱灰中开始浏览一眼望不到头的书目，甚至只是书名就足以引发我联翩的思绪了。性别及其本质极可能让医生和生物学家产生兴趣。但令人惊讶的是，性别议题——也就是女性议题——还吸引了招人喜欢的散文家、妙笔生花的小说家、获得文学硕士学位的年轻男子、没有学位的男人，以及除了性别不为女，便不具备其他资质的男人。他们写的这些书，有些打眼一看就知道内容轻佻浮薄、油腔滑调；也有许多书，内容一本正经、富有远见又义正词严，充满三令五申的劝勉。我光从这些书名就能联想到数不清的校长、神职人员正站在讲台和布道坛上，针对这一主题高谈雄辩、口若悬河，导致演讲严重超时。这现象太奇怪了，显然——我检索了字母 M 打头的部分——这种现象只会发生在男性身上。女性不会写关于男性的书——这事儿让我如释重负，因为如果我通读完所有男性论述女性的书，再遍览女性论述男性的书，那么，还没等我动笔，百年一开的龙舌兰恐怕都要开两次了。于是，我随便挑了一打左右的书，将借书卡放进金属托盘，坐在座位上等待着。在我身边，全是同样来汲取真理精华的读者。

是什么原因导致了这种奇怪的差异？我琢磨着，

随手在借书卡上涂画着车轮,虽然这些花英国纳税人的钱准备的卡片本不该成为我的涂鸦画纸。为什么从我拿的这卷目录来看,男性对女性如此感兴趣,而女性对男性却非如此?这情况极其古怪,我不由自主地开始想象,那些花了大把时间写书来研究女性的男人过着什么样的生活,无论他们年纪几何、结没结婚,长了个酒渣鼻还是弯腰驼背——我隐隐感到自己如此受他人关注,不免有点儿受宠若惊,只要这些关注不全都是老弱病残就好——我就这样陷入了遐想,直到一大摞书堆到我面前的桌子上,甚至有几本滑落下来,才打断了这些轻率愚蠢的念头。

好了,我的麻烦开始了。

毫无疑问,在牛桥接受过学术训练的学生掌握了某些排除干扰的法子,好让他的问题能像绵羊回圈那样直奔答案。例如,我身边那位学生,正孜孜不倦地对着一本科学手册做笔记,我确信,每隔十来分钟,他就能提炼出一块纯净的真理结晶——他不时发出那心满意足的轻声咕哝就是证据。但非常遗憾,如果一个人没有接受过大学的训练，那此人的问题非但不会乖乖被赶进羊圈，还会像被猎犬追着的羊群一样，惊惶失措、四散奔逃。教授、校长、社会学家、牧师、小说家、散文家、记者，那些除了不是女人，便一无所长的男人们，都追赶着我的这一简单得不能更简单的问题——女性为什么贫困——问题逐渐增多，从一个变成了五十个；这五十个问题在穷追之下走投无路，一齐跃入河中，随水而去。我潦草的字迹遍布笔记本每一页纸。为了说明我当时的心境，我将为各位朗读其中一些内容，首先要解释一下，这一页的标题很简单，就是大写加粗的"女性与贫困"。但接下来的内容是这样的：

> 中世纪的情况，
>
> 斐济群岛的习俗，
>
> 被奉为女神，
>
> 道德感更薄弱，
>
> 理想主义，
>
> 更强的责任心，

南太平洋诸岛的住民，青春期的年龄，

吸引力，

被献祭，

大脑容积小，

更深层的潜意识，

体毛较少，

精神、道德与身体上的劣等性，

爱孩子，

寿命更长，

肌肉力量较弱，

情感强度，

虚荣心，

高等教育，

莎士比亚（Shakespeare）的观点，

伯肯黑德勋爵（Lord Birkenhead）的高见，

英奇学监[2]（Dean Inge）认为，

作家拉布吕耶尔[3]表示，

约翰逊博士[4]的见解，

奥斯卡·勃朗宁[5]先生主张，

…………

到这儿，我停下来喘了口气，在页边的空白处补了一段：为什么塞缪尔·巴特勒[6]说"明智的男人从不表达他们如何看待女性"？但很显然，聪明男人实际上只会大谈女性。我继续想着，靠在椅背上仰望阅览室巨大的穹顶，感到自己此刻不过是其中一个孤独而疲惫的念头。很可惜，聪明男人对女性的看法向来无法达成一致。蒲柏[7]说：

大多数女性根本没有个性。

而拉布吕耶尔说：

女人是极端的，她们要么比男人好，要么比男人坏——

二位同一时代的观察家，观点却完全相悖。

女性是否够格接受教育？拿破仑的答案是否定的，而约翰逊博士的想法恰恰相反。[1]

女性有没有灵魂？某些野蛮人说她们没有，而另一些人坚称女性是半神，并因此崇拜她们。[2]

某些圣贤认为女性思维较为肤浅，而另一些则认为她们的意识更为深刻。歌德向她们致敬，墨索里尼则鄙视她们。

无论怎么看，男性对女性的看法都天差地别。我确定，要弄清楚这一切是没有可能的了，同时又羡慕地瞥了一眼隔壁那位读者，他的笔记摘要清晰而整洁，标题多半是A、B或C，而我自己的笔记本呢，满是

---

[1] "'男人知道女人在许多方面比他们更强，所以刻意选择了女人当中最软弱无知的一群。如果他们并不觉得女人更厉害，就不可能害怕女人掌握的知识和他们一样多。'……为了对男性公平，我认为有必要坦承——随后的一次谈话中，他告诉我，他说的是真心话。"——《赫布里底群岛游记》(*The Journal of a Tour to the Hebrides*)，博斯韦尔（Boswell）著。

[2] 古代德国人相信女性拥有一种神圣的特质，认为她们传达了神谕，因此会向她们求教。——《金枝》(*Golden Bough*)，詹姆斯·乔治·弗雷泽（James George Frazer）著。

杂乱无章、自相矛盾的潦草涂抹,既令我苦恼,又使我迷茫,更让我感到屈辱。真理从我的指缝间溜走了,漏得一滴不剩。

我总不能把这些笔记当成研究女性与小说的重大成果带回去吧。女性身上的毛发比男性少,太平洋岛民是九岁还是九十岁进入青春期呢——甚至连字迹都因为心烦意乱而难以辨认了。忙碌了一上午,我却找不到任何比这更有分量或更有价值的内容,何其可耻。如果我无法掌握人们在历史上关于W(为简便起见,我用W作为女性的代称)的真知灼见,那还为未来的W操什么心呢?我向专门研究女性及其对政治、儿童、工资、道德之影响的大批泰斗与巨擘求教,似乎纯然是浪费时间。我还是别"拜读"他们的大作为妙。

陷入沉思的我,在失落与无望之下,没能像身边人那样奋笔疾书地写下什么结论,反而画起了画。我笔下出现了一张人脸,或者说,一幅人像。画中人是正忙于撰写不朽巨著的冯·X教授,他所写的大作名为《女性精神、道德和身体上的劣等性》。画里的他对女性没什么吸引力：体格魁梧、下巴很宽，以及一双与下巴遥相呼应的小眼睛，满脸通红。他那副表情，显然是受某种情绪驱使而奋笔疾书，写字力度之大，仿佛正以笔为武器，剿灭一些讨人厌的害虫。就算害虫化为齑粉，他也仍不满意，仍旧继续戳它、刺它。但不管怎么使劲儿，也无法平息他胸中的怒气与邪火。我看着自己的画，问道：是因为他的妻子吗？她是不是爱上了一名骑兵军官？这军官是不是身材精壮、举止优雅，穿着俄国产的羔羊皮外套？或者，按照弗洛伊德的理论，襁褓中的他是不是就被某个漂亮姑娘嘲笑过？我想，就算是还在吃奶的教授，也绝不可能招人喜爱。

不论出于什么原因，总之在我的速写里，这位教授在写那本阐述女性在精神、道德和身体各方面都居于次等地位的伟大著作时，看上去怒气冲冲、面目可憎。我用这种散漫的涂涂画画结束了整个上午的无用功。然而，正是在无所事事的梦境中，一些隐秘的真相才会偶然浮出水面。我看着笔记本。这是一种很基本的心理学练习——甚至根本不值得称之为"精神分析",它告诉我,这幅关于愤怒教授的速写是我在愤怒下画出的。当我想入非非之时,愤怒夺走了我的铅笔。而愤怒做了什么呢?兴味、困窘、愉悦、厌倦——整个上午,这些情感状态接连出现,我能识别它们的存在,感知它们的起因,体会它们的流动。而愤怒这条黑蛇,难道一直潜伏在它们之中?没错,我的速写说,是这样。它让我清晰地想起书中的话,就是教授关于女性精神、道德和身体劣等性方面的那番论断,唤醒了我心底的恶魔。我的心脏狂跳、双颊发烫,胸中怒火让我脸上泛起了红晕。尽管被一句话点燃的反应相当荒谬,但实际上它又极为平凡,毕竟没人喜欢被说天生就比某个小个子男人还差——我看了看坐在自己旁边的学生——他呼吸急促,系着一条预先打好结的领带,脸上的胡子半个月没刮。人总会怀有愚蠢的虚荣,我想,这不过是人性而已。接着我动手在愤怒教授的脸上画了些车轮和圆圈,把他涂得像着火的灌木,或是燃烧的彗星——总之是某种幻影,由外而内都不是人类。此刻,教授只不过是汉普斯特德荒野[8]公园的沙丘上熊熊燃烧的一捆木柴。很快,我就为自己的愤怒找到了解释,气头也过去了,但我的好奇并未消失。教授们的愤怒应当做何解释？他们生什么气呢？分析一下这些书就能发现，他们给人的印象总带着某种热度，体现在讽刺、感伤、好奇与谴责等各类形式之中。此外，还有另一种很难立即识别的情绪，我称之为愤怒，但这是一种并不外显，并与其他各种情感交织杂糅的愤怒。由它导致的古怪影响来看，这种愤怒并非一望而知，而是隐藏在层层伪装之下，复杂而难以捉摸。

不管出于什么原因，我打量着桌上那一堆书，心想，它们全都对我毫无价值可言。尽管从人文角度来说，它们充满教育意义、有趣或是枯燥的内容，甚至还有斐济岛民奇怪生活习俗的记载，但在科学领域可以说一文不值。它们是在情感的红光而非真理的白光照耀下写就的。因此，我必须将它们还到博物馆的中央柜台去，让它们各归各位，回到巨大蜂窝中自己的那一格巢室。愤怒是我这一整个上午唯一的发现。教授们——这是我对那些男人的统称——愤怒非常。可是，我还了书，站在柱廊下，在鸽群与史前独木舟藏品的包围中，又问了自己一遍：他们为什么会生气呢？自问的同时，我信步离开，准备找个地方吃午饭。

我此刻称为愤怒的情绪,它真正的本质是什么呢?我自问。

我在大英博物馆附近找了家小餐馆用餐,这个谜也始终萦绕在我的脑海。上一桌食客把一份午间版晚报落在了椅子上,等待上菜时,我漫不经心地浏览起头条新闻来。一则超大字通栏标题横跨版面——有人在南非大获全胜。还有些字号稍小的标题:奥斯丁·张伯伦爵士(Sir Austen Chamberlain)出访日内瓦;某处的地窖里发现了一把沾着人类毛发的剁肉斧头;正义先生——在离婚法庭上对女性如何寡廉鲜耻发表了看法。报上还刊登了一些别的新闻:一名电影女演员被人从美国加利福尼亚州的一座山上吊下来,悬在半空;本地即将下雾。即使只在这一星球停驻片刻的访客,我想,只要拾起这张报纸,就不可能不察觉到,这些毫无关联的零散证据,字字句句也都体现着英国正在父权制主宰之下。任何理智尚存的人都一定能觉察"教授"的支配地位。他代表着权威、金钱、势力。他是报社的总编、副总编,甚至是报社的老板。他是外交大臣,也是法官。他是板球运动员。他拥有赛马和游艇。他是公司董事,这家公司给股东支付200%股息。他向自己掌管的慈善机构和大学捐赠数以百万计的遗产。他把女演员悬吊在半空当中。斧头上沾的到底是不是人类毛发,由他决定;他还将宣判凶手罪名是否成立,会被绞死还是释放。除了雾,他似乎控制了一切。然而他还是很愤怒。

我是怎么知道的呢?很简单——当我读到他关于女性的书写时——我想,这不关乎他的表达,问题出在他自身。论证人冷静论述的时候,脑中只会考虑论证本身;读者也自然会去思考他提出的论点。如果他能平心静气地书写有关女性的内容,提出毋庸置疑的论据来支持论点,也没有表露任何偏见和倾向,那我自然不会愤怒,我会像接受豌豆是绿色、金丝雀是淡黄色一样接受这一事实。就这样吧。我会这么说,我的愤怒是因为他的愤怒而出现的。这看起来很荒唐,我翻着晚报,想道,坐拥如此权力的人居然还会愤怒。或者说,我怀疑,愤怒是不是总与权力形影不离?例如,富人常因怀疑穷人觊觎他们的财富而难以按捺怒火。教授们——更准确的称呼或许是"长老们"——之所以愤怒，一部分可能也是因为这个，但另一部分原因则更为隐蔽。他们可能压根儿没有"生气"；事实上，他们在私人关系中时常流露出钦佩的态度，表现出的忠贞不渝更是堪称典范。或许，当教授过分强调女性的劣等地位时，他在乎的并不是女性如何低人一等，而是他本人必须高人一等。他急不可待地要维护这个，甚至强调得有些过了头，因为他认为这是自己的无价之宝。无论男女——我看着他们在人行道上挤挤挨挨地前行——生活都困难重重、问题百出，身处一场永无止境的挣扎。面对生活，人们需要英勇无畏，也更要坚韧不拔。最重要的是，作为能创造与感知幻觉的生物，我们要对自己有信心。失去自信的我们像摇篮里的婴儿般脆弱。我们应当怎么做，才能让自己尽快具备这种不可估量却弥足珍贵的品质？答案是，睥睨他人，抬举自己，感到自己与生俱来就有哪里比别人优越——可以是财富、地位、挺拔的鼻梁，或是一幅乔治·罗姆尼[9]一手绘就的祖父肖像——人类的想象力拥有无穷无尽的可悲花招儿。因此，对于注定要征服他人、统治众生的一位"长老"而言，有一大批人（准确来说是人类的一半）天生比自己低等；这对他极为重要,他的力量确实有很大一部分来源于此。

那么,我想,让我把观察之光照进现实生活。这一结论是不是能解释我在日常生活中所发现的某些难以解释的心理状况?它能不能解释某段使我万分震惊的经历呢?那天,一位最宅心仁厚的谦谦君子Z,拿起一本丽贝卡·韦斯特[10]的著作,浅读了一段,立即惊呼道:"坏透了的女权主义者!她说男人都是踩高捧低的势利小人!"他的叫声令我大吃一惊——为什么断定韦斯特小姐是"坏透了的女权主义者"?就因为她对另一个性别做了一番可能真实,但措辞不甚好听的形容——这声惊呼不仅仅来自受伤的虚荣心,也是对他自尊遭受侵犯的抗议。几个世纪以来,女性一直在扮演拥有奇妙魔法的"镜子",她们所反射出的男性形象是他们真实体型的两倍以上。要不是这种魔力,地球可能仍然是遍布沼泽与丛林的荒土,人类一切战争的辉煌与荣耀也将无法实现。我们或许仍在羊骨残骸上刻画鹿的形状,用燧石交换羊皮或其他符合我们原始审美的简易装饰品。"超人"和"命运之手"都将不复存在。俄皇尼古拉二世和德皇威廉二世都将无从获得冠冕或失去皇位。无论这面"镜子"在文明社会有什么用处，对于一切暴力和英雄行为都是不可或缺的。这就是为什么拿破仑和墨索里尼都强调女性低人一等，因为如果女性不居于劣势，就显不出男性的伟大。一定程度上，这解释了为何男性总是需要女性，也解释了为何男性被女性批评时会如此坐立不安；女性提出批评，说这本书水平不佳、这幅画平淡无奇，诸如此类与男性相同的批评之语，这对男性而言不啻火上浇油，令他们万箭穿心。毕竟，如果女性开始实话实说，他们的镜像就会缩小，生命力也会被削弱。他们必须在吃早餐和晚餐时都看到至少两倍于自己实际身材的镜中自我，否则，他们要怎么才能持续不断地做出判断、教化土著、制定法律、书写著作，以及西装革履地在宴会上夸夸其谈呢？我在沉思之中掰开了面包，搅拌着咖啡，不时看看街上的行人。镜中映像至关重要，因为它能让人焕发生机，还能刺激神经系统。男人要是没了它，就会像没了可卡因的瘾君子那样死去。多亏这种幻觉的魔力。我看着窗外心想，有半数走在人行道上的人此刻正大步流星地前往工作地点。他们在阳光明媚的早晨，穿衣戴帽，整理仪表。他们自信满满、精神抖擞地开始新的一天，相信自己在史密斯小姐的茶会上颇受欢迎；他们走进房间时会对自己说，我比这里半数的人要厉害。这种自信与自我肯定充斥于他们的言论之中，对公共生活产生了深远的影响，也在人们的思维边缘留下了令人难以理解的注解。

另一个性别的心理是个危险而迷人的课题，我的这些研究——我希望，当各位每年有五百英镑属于自己的稳定收入时，也去研究研究——我的思绪被打断了，侍者来找我结账，我得付五先令九便士。我给侍者一张十先令的钞票，他离开片刻，去找零钱。我钱包里还有另一张十先令的钞票；我注意到了它，因为它的存在证明我的钱包能生出十先令钞票来，这一事实至今让我屏息惊叹。我打开钱包，钱就已经在那儿了。社会给予我鸡肉和咖啡、床铺和住所，来交换姑妈留给我的一些纸币；她留了钱给我，只因我们俩同姓。

我必须告诉各位，我的姑妈玛丽·贝顿在孟买骑马出去透气时不幸坠马摔死了。某天晚上，我得知了遗产继承的消息，而大约同一时间，妇女选举权法案也获得了通过。一封来自律师的函件掉进我家信箱，打开一看，我发现姑妈给我留下每年五百英镑的财产，直到我离开人世。我获得了属于自己的选票和钱财，而在二者之中，我认为金钱似乎更为重要。在那之前，我靠着向报社讨零活儿生活，报道这儿、那儿的爱情表演或结婚典礼；我还替人填信封的地址栏、为年长的女士们读书、做手工假花、在幼儿园教小孩认字母表，零零星星赚些生活费。这就是1918年以前，妇女能够从事的主要工作。恐怕我不需要向各位详细叙述工作的艰辛，因为你们可能认识做过这些工作的女性；我也不需要讲述赚钱糊口的难处，因为你们可能也曾亲身经历体会。但比起二者，更令我痛苦的是那些日子我心底滋生的恐惧与怨恨之毒，它们对我影响至今。

首先，我总得做自己并不情愿做的工作，当牛做马，与奴隶无异；或许并不是在所有场合都得对人阿谀奉承，但那时我觉得不得不那样做，因为我承受不了失去工作的风险。然后我想到正渐渐湮灭的才华——尽管它微不足道，却被我视为至宝——埋没它令我感受到钻心之痛，自我与灵魂也随它渐渐消逝。这种丧失之痛如同锈病吞噬春天如锦的繁花，摧毁树木的生命之源。然而，正如我前面所说的，我的姑妈去世了；每当我破开一张十先令钞票，我心中的锈菌就会被稍微擦去一点儿，恐惧与怨恨也跟着消失了。我把找回的零钱塞进钱包，回想昔日的痛苦光景，不由得想，一份固定收入能让人心境变化如斯，着实出人意表。世上没有任何力量能从我这儿夺走我的五百英镑。饮食、居所与衣服都永远属于我。我因此摆脱了努力与劳作，也告别了怨恨和苦痛。我不必仇恨任何男人，他们都无法伤害我；我不必讨好任何男人，我对他们一无所求。我不知不觉对另外一半人类采取了新的态度。笼统地指责任何阶级或性别的全体，都是荒谬的。群体从不为自己的所作所为负责。他们随本能指引起舞，却无法掌控本能。

他们——长老们、教授们，也得应付困难重重、百弊丛生的人生。在某些方面，他们接受的教育和我接受的一样充满瑕疵，在他们身上孕育出巨大的缺陷。诚然，他们有钱有势，但这代价是让猛禽永远住进胸中，以尖喙利爪撕剡他们的五脏六腑——那占有的天性与获取的狂热，让他们永无止境地渴求他人的土地和财产，开拓疆土、占领阵地，打造战舰、生产毒气，乃至豁出自己的性命，连儿女也一并牺牲。我穿过水师提督门（我已经走到了那座纪念碑），或是走在另外哪条满是战利品与大炮的大道上，想着在此举办过的庆功大典；我看着证券经纪人和大律师在春日艳阳下走进大楼，赚钱，赚更多的钱，再赚更多的钱，而实际上，一年五百英镑就足以让我的生活阳光普照。这些贪婪的本能真让人讨厌，我想，这本能来自他们的成长环境，这些人缺乏文明的滋养。我一边想，一边望着剑桥公爵的雕像，特别是他军帽上的羽毛，恐怕此前从未有人如此专心致志地盯着它们看过。随着我意识到这些人的缺陷，我心底的恐惧和怨恨一点点变成了怜悯和宽容；再过一两年，怜悯和宽容应该也会成为过眼云烟，到时候我就能迎来最释然的心境，可以随心所欲地看待一切事物本身。比如，我喜不喜欢那栋建筑，我觉得那幅画美不美，在我看来那本书是好是坏。姑妈的遗产让属于我的天空更加开阔，我不再需要弥尔顿建议我一生去仰望某位伟大偶像，因为举目远望，眼前已是无边无际的苍穹。

在这思考与猜测中,我沿着河,不知不觉地踏上了回家的路。街灯点亮了城市,从黎明到日暮,伦敦的改变难以形容。在我们的帮助下,这台庞大的织机运转了一整天,纺出了几码精美绝伦的布匹——赤瞳的火红织品闪烁着光芒,咆哮的褐色怪物喷出炙热鼻息。黄昏的风也像是招展的旗帜,抽打着房屋,吹得围栏嘎吱作响。

然而,我居住的小街充满了生活气息。房屋粉刷匠正顺着梯子下地;保姆正小心地推着婴儿车进进出出,给孩子们准备茶点;煤炭搬运工正叠起那些倒空的麻袋;蔬果店老板娘戴着红色手套,正计算着全天营业额。不过,我如此全神贯注于你们交给我的论题,以至于司空见惯的生活场景也被我联想到它上面去了。我想,要评价这些工作中哪个更上等、更重要,现在的情况可比一个世纪之前更难说清。当煤炭搬运工好还是当保姆好?把八个孩子拉扯大的女工,是不是比不上赚了十万英镑的出庭律师?问这样的问题纯属徒劳——没人能给出答案。女工与律师的相对价值,不仅在不同的年代间起伏不定,而且哪怕是当下,我们也拿不出任何衡量标准。我曾经要求我的教授向我提出某种"无可争辩的证据",来支持他关于女性的论点,这实在有点儿愚不可及。即使我们现在能衡量某种才能的价值,但这价值也会随时间变化;时移世变,一个世纪后它没准就彻底面目全非了。我踏上自家的门阶,想到再过一百年,女性将不再是受保护的性别。她们将顺理成章地从事一切此前不被允许的活动和工作。保姆可以搬运煤炭,女售货员可以开车。一切建立在"女性受保护论"基础上的假设——例如(此时一队士兵正在街上列队行进),女性、牧师和园丁比其他人更长寿——都将荡然无存。取消对女性的保护,让她们和男性从事一样的工作与活动,让她们成为士兵、水手、司机和码头工人,女性是否会比男性死得更早、寿命更短?到那时,有人说"我今天看到一个女人",简直就是我们过去"看到一架飞机"那样的新鲜事儿。

一旦女性不再屈居于受保护的地位,什么事儿都可能发生,我边开门边想。

但是这一切和我的论题——"女性与小说"有什么关系呢?我边进屋边问自己。

尾注

1 英国家庭冬季取暖用煤,民居的煤仓洞口一般位于屋外的人行道上,下面就是煤仓。补充燃料时,运来的煤炭就从洞口倒进煤仓里。

2 威廉·拉尔夫·英奇(William Ralph Inge, 1860—1954),英国作家、牧师、剑桥大学神学教授和圣保罗大教堂院长。因头衔"Dean Inge"广为人知,曾三次获得诺贝尔文学奖提名。

3 拉布吕耶尔(Jean de La Bruyère, 1645—1696),法国哲学家、作家,主要作品是讽刺散文集《品格论》(*Les Caractères*)。

4 塞缪尔·约翰逊(Samuel Johnson, 1709—1784),常被称为约翰逊博士(Dr. Johnson),英国历史上著名的文评家、诗人、散文家、传记家。

5 奥斯卡·勃朗宁(Oscar Browning, 1837—1923),英国教育家、历史学家,维多利亚时代晚期和爱德华时代剑桥的著名人物,曾担任剑桥大学日间培训学院的校长,为早期教师专业培训做出一系列贡献。

6 塞缪尔·巴特勒(Samuel Butler, 1835—1902),活跃于英国维多利亚时代的反传统作家,翻译的《伊利亚特》(*The Iciad*)和《奥德赛》(*The Odyssey*)版本沿用至今。

7 亚历山大·蒲柏（Alexander Pope，1688—1744），18世纪英国诗人。

8 汉普斯特德荒野（Hampstead Heath），伦敦一座历史悠久的大型公园。

9 乔治·罗姆尼（George Romney，1734—1802），英国最杰出的肖像画家之一，与庚斯博罗（Gainsborough）和雷诺兹（Reynolds）并称为"英国肖像画三大师"。他为许多社会名流创作了肖像，尽管一画千金，但上流社会人士依然趋之若鹜。

10 丽贝卡·韦斯特（Rebecca West，1892—1983），原名西塞莉·伊莎贝尔·费尔菲尔德（Cecily Isabel Fairfield），英国女作家、记者、妇女参政权论者和社会改革家。丽贝卡·韦斯特是她在文学领域中使用的笔名。她在文学领域成就卓著，并因此获得爵位。

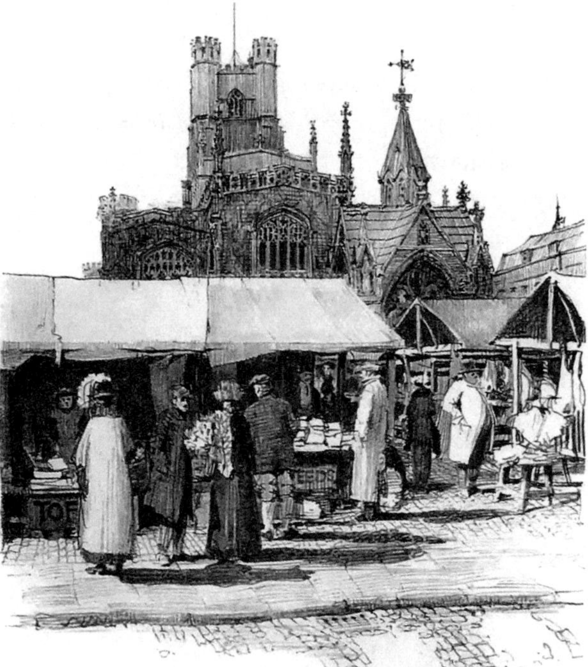

Chapter 3

她们承受着无数斥责、侮辱、训诫与规劝。各种成见与论断的抗争和反驳弄得她们神经紧绷、心力交瘁。我们再次触及那个极其有趣却令人费解的男性情结,它强烈影响着女性的运动。

忙到晚上，我却没能获得什么重要的结论与不争的事实，不由得有些垂头丧气。女性比男性贫穷无非是因为这样或那样的缘由。或许现在放下对真理的探求才是明智之举，就让如岩浆般灼热、如洗碗水般混浊的观点洪流劈头盖脸地将我淹没吧。最好拉起窗帘，心无旁骛，点亮灯光，收窄探究范围，去请教只记载客观事实而非个人观点的历史学家，请他们介绍女性曾处于何种生活环境——但不用将千百年来的历史画卷一股脑儿铺在我面前，只要聚焦于某一时期的英国女性即可，例如，伊丽莎白时代。

之所以选择它，是因为我心中长久以来有个不解之谜：为什么在这个英国文学的黄金时代，几乎是个男人就能创作歌曲或十四行诗，却没有任何女性作品流传于世？我问自己，那时的女性生存图景，究竟是什么样的？科学如同掷在地上的小石子，就那么独自存在着。但因想象而生的小说则像是蛛网，看似轻飘飘，却千丝万缕地紧扣生活的边边角角。不过，作品与生活的联系往往微不可察，譬如，莎士比亚的戏剧，似乎是完整地悬挂在那儿自成一体。当我们拉扯这张超然之网，揪住它的边缘，从当中把它撕开，抽丝剥茧地研究时，才会恍然大悟：它们并不是由无形之手凭空织就，而是饱经风霜的人类呕心沥血编织而成的，它与健康、金钱以及我们的栖身之所紧密相扣，这些无一不是实实在在的人间烟火。

因此，我走到摆放历史类图书的书架前，拿出一本最新出版的著作——特里维廉教授[1]的《英国史》（*History of England*），再次在书里查找"女性"，找到"女性地位"一词，翻到对应页码。"打老婆，"我读道，"被视为男性的天然权利，上至贵族、下至平民都面无惭色地从容行使……同样，"历史学家继续陈述，"倘若待字闺中的女儿拒绝嫁给父母选定的夫婿，就很可能遭到禁足和毒打，而社会大众对此司空见惯。婚姻不关乎个人情感，却是家族敛财与利益交换的手段，在所谓'骑士精神'盛行的上流社会更是如此。……当事人其中一方尚在襁褓中时,婚姻大事便已被敲定,二人一脱离保姆照料就得尽早完婚。"这段文字写的是1470年前后的情况,彼时乔叟[2]的时代刚落下帷幕。这本书下一次提到女性地位时,已是在叙述大约两百年后的斯图亚特王朝时期。"中上阶层的女性自主择偶依然极其鲜见,一旦被许配了夫家,丈夫就是绝对的主宰者,至少法律和习俗都承认他的地位。然而即使如此,"特里维廉教授总结道,"无论莎士比亚笔下的女性,还是17世纪的那些权威回忆录中记载的女子[譬如弗尼(Verney)家族或哈钦森(Hutchinson)家族的女眷],似乎都颇具个性与品格。"确实,如果仔细想想,克莉奥佩特拉[3]当然才色兼备、举世无双;麦克白夫人[4](Lady Macbeth)拥有坚定的自我意志;罗瑟琳[5](Rosalind)是位迷人的姑娘。特里维廉教授所言不虚,莎士比亚笔下的女性绝不苍白,确实拥有个性与品格。我不是历史学家,所以我甚至可以提出更深层的见解:自古以来,女性就是一切文学作品中熠熠生辉的座座灯塔——剧作家创造的克吕泰涅斯特拉[6]

（Clytemnestra）、安提戈涅[7]（Antigone）、克莉奥佩特拉、麦克白夫人、费德尔[8]、克瑞西达[9]、罗瑟琳、苔丝狄蒙娜[10]（Desdemona）、马尔菲公爵夫人[11]；还有小说家笔下的米拉曼特[12]（Millamant）、克拉丽莎[13]、蓓姬·夏普（Becky Sharp）[14]、安娜·卡列尼娜[15]、爱玛·包法利[16]（Emma Bovary）、盖尔芒特夫人[17]（Madame de Guermantes）——一连串女性的名字涌入我的脑海，没有一个会令人觉得"缺乏个性与品格"。事实上，如果女性只在男性所写的小说当中存在，人们就会想象她们是重量级人物，形象百态横生：有的英姿勃发，有的卑鄙下作；有的光明磊落，有的利欲熏心；有的仙姿佚貌、沉鱼落雁，有的其貌不扬、不堪入目；有的被誉为巾帼须眉，还有的甚至比男性更优秀。[①] 可是，

---

① "在雅典娜的城邦里，妇女长期遭受东方式的压迫，地位几乎等同于女奴或苦工，这一现象至今令人费解。然而，此地的舞台上诞生了克吕泰涅斯特拉、卡珊德拉、阿托撒、安提戈涅、费德拉和美狄亚这类女主角，她们在'厌女者'欧里庇得斯的一系列戏剧当中处于核心地位。现实生活中，受人尊敬的女性几乎不会独自抛头露面，而在戏剧舞台上，女性与男性平起平坐，甚至超越男性，这是这个世界的悖论，至今尚无令人信服的解释。现代悲剧中此类情形同样普遍存在。无论如何，只要对莎士比亚作品（韦伯斯特的作品也如此，但马洛或琼森的作品则不同）做一番粗略考察，便足以揭

这不过是文学作品中虚构的女性。实际上呢，正如特里维廉教授所写的那样，她如同笼中之鸟，被拘禁在屋里，饱受拳打脚踢。

由此，女性成了一种吊诡至极的存在。想象中的她至高无上，现实中的她轻于鸿毛；她在诗人笔下无处不在，却在史家记载中销声匿迹；小说中她主宰君王与霸主的生活，而现实中她可以是任意一个尚未成年男孩的奴隶，只要强行把婚戒套上她的手指；文学世界里诸多神来之语和深邃洞见都出自她的双唇，现实生活中她却几乎目不识丁，遑论拼写，是属于丈夫的一份私人财产。

读完史书，再读诗作，就可能将女性看成一个奇

示这种女性的主导地位与主动性如何从罗瑟琳延续到了麦克白夫人。拉辛的剧作也体现了这一点，他的六部悲剧作品以女主人公的名字命名。他创造过什么男性角色能与爱妙娜、昂朵马格、贝蕾妮丝、罗克珊、费德拉、亚他利雅相提并论呢？同样地，在易卜生作品中，哪有与索尔维格、娜拉、海达、希尔达·房格尔和吕贝克·维斯特相称的男性角色？"——《悲剧》(*Tragedy*)，卢卡斯·弗兰克·劳伦斯（Lucas Frank Laurence）著，第114—115页。

形怪状的生物——是只毫不起眼的虫子,却长着雄鹰的双翼;是生命与美的精灵,却在厨房间里剁板油。但不论这些怪物如何奇异有趣,终究不过是幻想的产物,并不存在于现实中。想要让她焕发生机,关键在于让她的思维同时触及诗意的星光与凡俗的土壤,如此才能紧扣现实——她是马丁太太,今年三十六岁,身着蓝衣,头戴黑帽,脚上穿了双棕色的鞋子;同时也需要虚构之美——她体内充满各种精神和力量,灵光闪烁,奔涌不歇。然而,当我试图以这样的方法还原伊丽莎白时代的女性时,其中一支探路的火炬骤然熄灭;我能掌握的事实极度匮乏,令我寸步难行。关于"她",既无详尽记录,也无确凿证据,历史对"她"的记载更是少得可怜。我于是再次翻开特里维廉教授的著作,体会他的历史观。浏览全书的章节标题后,我发现历史于他而言,意味着——"庄园法庭与敞田制……熙笃会与牧羊业……十字军东征……大学……下议院……百年战争……玫瑰战争……文艺复兴时期的学者……修道院解散……农业和宗教冲突……英国海权的起源……无敌舰队……"

书中偶尔也会提及个别女性，不是某某伊丽莎白，就是某某玛丽——总之不是女王，就是贵胄。而中产阶级妇女除了头脑和品格，则一无所有，她们绝无机会投身于任何伟大运动之中。但在史学家心目中，只有这些运动才够格成为历史的一部分。我们也没法在逸闻集萃当中找到她的身影。奥布里[18]基本上没提过她半个字。她从不书写自己的生活，也几乎不记日记。留存至今的书信也屈指可数。她没有留下任何戏剧或诗歌作品供我们评判。我所需要的，我思忖着，为什么纽纳姆或格顿学院的某位优等生不能提供这些材料呢？人们需要大量的信息，比如她在多大年纪步入婚姻，一般会生几个孩子；她住在什么样的房子里，有没有属于自己的房间；她是不是需要下厨，可能有仆人吗？我想知道的一切事实，想来都藏在各地的教区登记簿或账簿里；伊丽莎白时代普通女性的生活细节一定散落在各处，东一鳞、西一爪，要是有人能把它们化零为整、集结成册该多好啊。我的目光在书架间逡巡，搜寻着那些根本不存在的书籍，心想，要向那些知名学府的学生提议去重录历史，未免太过于冒昧，我没那个勇气。但我总觉得现存的史书都有些怪异、偏颇。他们为什么就不能为史书添一篇附录呢？可以的话，标题尽量别太惹人注意，这样一来，女性就可以体面地在历史上拥有一席之地，又不至于太过唐突。毕竟，在那些伟人的生平纪事中，我常能瞥见她们的身影，但她们总是倏忽之间就隐没在暗处了。我有时想，她们或许在掩饰自己的眼神、笑声，或是泪滴。毕竟，简·奥斯丁的人生传记我们已经看得够多了；似乎也没有必要再去研究乔安娜·贝利[19]的悲剧如何影响了爱伦·坡[20]的诗歌；要是玛丽·拉塞尔·米特福德[21]的故居与常去之地对公众关闭一百多年，我也毫不介意。但令我悲哀的是，我又再次搜寻着书架，对于18世纪之前的女性，我可以说是全然无知，也没有任何可供我反复推敲的典型。我想知道为什么伊丽莎白时代的女性不写诗，我甚至不了解她们接受的是怎样的教育，有没有人教她们写作，她们有没有自己的起居室，有多少人还没到二十一岁就生儿育女了；简而言之，我无从得知她们从早上八点到晚上八点的日常生活是什么样的。很显然，她们没钱；根据特里维廉教授的说法，不管本人是否情愿，她们尚未成年就被嫁出去了，很可能只有十五六岁。基于这种情况，要是哪天有位女性突然写出莎士比亚那样的剧本，那才是千古奇闻。我还想起了一位已故的老先生，记得他曾是一位主教。他断言，无论过去、现在还是未来，任何女性都不可能拥有莎士比亚那样的才华。他在各大报章上发表了专文。他还曾告诉一位向他求教的女士，猫根本上不了天堂；尽管它们，他补充道，某种程度上是有灵魂的。老先生为了拯救苍生，费了多少心思啊！他们用智慧驱散了世间多少愚昧的迷雾啊！猫上不了天堂，女性写不了莎士比亚的戏剧。

我端详着书架上的莎士比亚作品，忍不住地想，主教至少说对了一点：在莎士比亚时代，没有任何女性能写得出莎士比亚的戏剧。既然事实很难确认，且容我想象一下，要是莎士比亚有个才华横溢的妹妹（就叫她朱迪思吧），会发生什么事儿呢？莎士比亚的母亲是家族的继承人，于是她送莎士比亚去上了语法学校，他在那儿学会了拉丁文，读了奥维德（Ovid）、维吉尔（Virgil）和贺拉斯（Horace）[22]，还掌握了语法和逻辑。他自小就因为顽劣而闻名乡里,偷猎过兔子,很可能还射杀过鹿。他由于某种原因匆忙与同乡一位姑娘缔结了婚事,成婚几个月后,二人的孩子就呱呱坠地。一系列胡闹、荒唐之后,他离家前往伦敦开辟新的天地。他似乎对戏剧怀有兴趣,于是在剧院后门做马童,借此开启了职业生涯。很快,他就找到了剧院里的工作,演员的事业一帆风顺,生活于首善之地;他在社交圈子里如鱼得水,旧识新交高朋满座;他在舞台上实践剧作,在街头磨炼智慧,甚至成为女王的座上宾。与此同时,我们想象出来的那位天资卓越的妹妹,依然待在家里。她和他一样热爱冒险,富有想象力,渴望增广见闻。但没人送她去学校读书,她没有机会学习语法和逻辑,遑论阅读贺拉斯和维吉尔的作品。她偶尔会拿起一本书(也许是她哥哥的)读上几页,接着父母就走进来了,唤她去缝补袜子、照看饭菜,告诉她别整天埋头读书看报,白费时间和精力。父母的疾言厉色是出于好心,因为他们是殷实、体面的人家,了解女性生活的境况,而且疼爱女儿——毫不夸张地说,她是父亲的掌上明珠。也许她会躲进放苹果的储藏室里偷偷摸摸写点儿东西,但这些文字不能示人,不是被她小心翼翼地藏起,就是丢进火炉烧掉。很快,她还不满二十岁时,就被许配给了邻居羊毛商人的儿子。她哭着、喊着说自己不想要这门亲事,却为此挨了父亲一顿好打。接着,父亲不再责罚她,恳求她别伤他的心,别在婚姻问题上令他蒙羞。他的眼中噙着泪,许诺会送她一串珠链,或是一条上好的衬裙。她怎么能违抗父亲?怎么能伤父亲的心呢?但天赐的才华驱使她下了决心,在一个夏夜,她收拾了一点儿细软,顺着绳子溜下楼,悄悄去了伦敦。那时候她才刚过十六岁,树篱中的鸟儿也没有她的歌喉动人。她才思敏捷,和哥哥一样对文字音韵天赋异禀,也和哥哥一样对戏剧钟情。她站在剧院后门口,说她想演戏。男人们毫不留情地当面嘲笑她。剧院经理——一个肥头大耳、口无遮拦的男人——哈哈大笑。他嚷嚷着,女人演戏就像贵宾犬跳舞;他还说,没有女人能当演员。他暗示朱迪思——你们应该能想到他那张嘴说得出什么。她无法获得任何技艺方面的训练,甚至也不能去小酒馆吃顿晚饭,或是半夜上街闲逛。然而她的天赋在于创作,她渴望从人们的生活与行为方式中汲取创作的养分。

最后——因为她年轻，面容与诗人莎士比亚奇妙地相似，有着同样的灰眼睛和弯眉毛——剧院经理尼克·格林对她生出了怜悯之心；但后来，她发现自己怀上了那位先生的孩子，于是——诗人之心困于女子之躯，缠夹不清、难分难解，而谁又能想到激荡其中的愤怒与破坏力——在一个冬夜，她自杀了，被安葬在象堡外头的十字路口，那里现在是个公共汽车站。

我想，如果莎士比亚时代的某位女性拥有莎士比亚的天赋，那么故事的走向或许就是如此。以我之见，我同意那位已故主教（要是他真是个主教）的观点——在莎士比亚时代，女性拥有莎士比亚那样的才华，简直不可想象。因为像莎士比亚这样的天才，绝不会在未曾接受教育的劳苦大众之中诞生，绝不会在英国的撒克逊人和不列颠人之中诞生，绝不会在今天的工人阶级之中诞生，那么，天才又怎么可能在女性之中诞生呢？根据特里维廉教授的说法，她们差不多刚离开保姆照料，就被父母强加了所谓的天职，法律和习俗的锁链牢牢套在她们身上。然而，某种形式的天才无疑蕴藏在女性与工人阶级当中。艾米莉·勃朗特或罗伯特·彭斯[23]这样闪耀的名字时不时横空出世,证明着它的存在。但从未有人为这些天才著书立传。当我读到某个女巫被施以水刑,某个女子被恶鬼缠身,某个聪明的女商人贩卖草药,甚至是某位英雄好汉的母亲,我想,如果循着这草蛇灰线一路追去,就会发现,她们是走投无路的小说家,有口难言的诗人,是寂寂无闻的简·奥斯丁,是在荒原上撞得头破血流、大马路上疯疯癫癫徘徊、在天赋的重负之下饱受摧残的艾米莉·勃朗特。实际上,我大胆猜测,写下这海量无名诗篇的往往是女性。我想,大约是爱德华·菲茨杰拉德[24]提到的,民谣与民歌最初由女性创造,她轻声哼唱着,哄孩子们进入梦乡,在纺织时自娱自乐,抑或借此消磨一个又一个漫长的冬夜。

这种说法也许是真的,也许是假的——谁能说得准呢——不过,回头看看自己编造的莎士比亚妹妹的故事,至少,有一点是不争的事实:如果有位天降文曲星出生于16世纪,她注定得走向疯癫、饮弹自杀,要不就是离群索居,以半女巫、半隐者的身份在村外某座孤独的小房子里度过下半生。提到她,人们总是既冷嘲热讽,又噤若寒蝉。不用懂多少心理学,我们就足以预见,天赋异禀的少女想利用这份天赋进行创作,必会遭遇外人的打压和阻挠,也必会被内心执拗的本能折磨到体无完肤,最终身心崩溃。没有哪个女孩能来到伦敦,抵达剧院门口,设法见到剧院经理,却无须承受折磨、无端受苦——守贞是某些社会群体出于不明原因所创造的迷信,但没人能够摆脱这种束缚。贞操在女性的生命中占据着神圣不可侵犯的地位,当年如此,现在依然如此。它早就在女性的精神世界里根深蒂固,也与本能行为血肉相连,如果想切断这种联系,将其暴露在阳光下,需要非凡的勇气。对女诗人、女剧作家来说,在16世纪的伦敦过上自由的生活,意味着承受精神上的高度紧张与进退维谷的困境,这很可能会要了她的命。要是她能侥幸活下来,那么在她笔端涌现的所有文字都可能在紧张与病态的想象之下呈现扭曲的形变。而且我不禁想到,正如我目光停留的那排没有任何女性剧作家名字的书架,她不会在自己的作品上署名,她会选择匿名来保护自己。在贞操观念的阴影下,女作家选择隐姓埋名。即使到了19世纪,阴云依然笼罩在女性的天空之上。柯勒·贝尔[25]（Currer Bell）、乔治·艾略特、乔治·桑[26]（George Sand）等女作家都是这种内心挣扎的受害者。她们徒劳地使用着男性笔名，想隐瞒自己的真实身份，她们的作品就是明证。她们遵从"女人抛头露面为人所不齿"的传统。这一传统就算不全由另外一个性别所灌输，至少也是他们大力鼓吹的。（伯里克利[27]曾说，默默无闻对女人而言是无上荣光，但他本人备受世间关注。）匿名的习惯融入她们的血脉，隐藏自我的渴望在她们心中作祟。直到今天，女性也不像男性那样关注自己的名声。大部分女性路过墓碑或路牌时，并不会像阿尔夫、伯特或查斯，或者随便哪个男人那样，按捺不住在上面留名的冲动。他们看到路过的漂亮女人，甚至经过的一条狗，都会情难自抑地低声自语"这是我的"。当然，激发他们占有欲的对象也不只是狗，我想起了议会广场、胜利大道和其他街道，那对象有可能是土地，也可能是黑色鬈发的男人。而身为女性的一大好处是，要是碰见一位黑人女性，哪怕对方再漂亮，我也能坦然经过、目不斜视，并不打算将她归化英国。

降生于16世纪、诗情满怀的女性是不幸的,她注定要与自我不断交战。她所面临的一切,从外在的境遇到内在的本能,无不与释放一切才思所需的心境背道而驰。那什么样的心境对创作最有益呢?我问道。究竟怎样的状态才能支持并鼓励创作这类异乎寻常的活动,我们有可能弄清楚吗?我翻开了莎士比亚的悲剧作品集。举例来说吧,莎士比亚写《李尔王》(*Lear*)和《安东尼与克莉奥佩特拉》(*Antony and Cleopatra*)时,处于怎样的心境之中呢?那肯定是有史以来最宜创作的心境,但莎士比亚本人对此只字未提。我们只是碰巧知道他下笔如有神,"从未涂改过一行字"。也许直到18世纪之前,艺术家都对创作心境闭口不谈,打破这一惯例的大概是卢梭[28]。无论如何,到19世纪时,创作者的自我意识已得到高度的发展,他们习惯于在忏悔录或自传中描述自己的心境。他们的生平都被白纸黑字记录下来,往来的信件也在离世后付梓成书。因此,虽然我们无法得知莎士比亚写《李尔王》时的心境,但我们确实知道卡莱尔[29]写《法国大革命》(*French Revolution*)时的心路历程,福楼拜写《包法利夫人》时的人生经验,以及济慈[30]试图以创作对抗即将到来的死神与世人的冷眼相待时,他都经历了些什么。

我们从存世的大量忏悔录与自我剖析当中能够得知,天才之作几乎总要含辛茹苦、呕心沥血,方才写就。一切世间俗事都在干扰创作者,使他们无法专注。大部分情况,物质条件都会拉创作的后腿,狗爱乱吠,人也常来打扰;必须挣点儿钱养家糊口,而个人健康又不容乐观;世间的漠不关心更是雪上加霜。世人不会请谁来创作诗歌、小说、历史,这都不是他们所需要的。世人也不在意福楼拜是否找到合适的词汇、卡莱尔是否考证过某个事实。这些不被青眼相待的内容,自然也得不到任何回报。因此,济慈、福楼拜、卡莱尔等作家,尤其是在创造力最为旺盛的青春岁月里经历了种种打击,苦不堪言。那些自我剖析与忏悔录中,传出一声声咬牙切齿的咒骂与哀鸣。"伟大的诗人被苦难吞噬"[31]就是他们创作的沉重底色。倘有哪部作品能突破这重重阻碍问世,那无疑是个奇迹。而且,几乎没有哪本书能完完整整地呈现作者构思的原貌。

但对于女性来说,我看着空荡荡的书架想,这更是难于登天。首先,即便到了19世纪初,拥有自己的房间也是一种妄想,更不用说一间安静、隔音的房间;除非她的家族是豪商巨贾、王公贵族。她的零用钱也全看父亲的心情,至多也只够她置装。因此,尽管济慈、丁尼生或卡莱尔这些男作家很穷,但他们能获得她无法得到的慰藉——一次徒步旅行、一趟短暂的法国之旅,抑或一处独立的住所,哪怕破旧,也能提供一种庇护,将他们从家人的索取与控制中解放。物质匮乏固然可怕,但比那更糟的是精神困顿。济慈、福楼拜以及别的男性天才都难以忍受这个世界的冷眼,而她所承受的远超冷漠,已经是敌意了。世界对男作家说:你要是想写就写吧,反正我不在乎。而女性听到的是世界的一声讥笑:写作?你写的算什么东西?

纽纳姆学院和格顿学院的心理学家或许能帮得上忙,我又看了看书架上没被填满的地方,心想,现在正是时候检测挫折对艺术家心灵的影响。我看过一家乳品公司检测普通牛奶和优质牛奶对老鼠身体的影响,他们把两只实验老鼠并排关在两个笼里,结果,一只鬼鬼祟祟、缩手缩脚、身躯瘦小，而另一只皮毛油光水滑、行为大胆、体形胖大。那我们用来"喂养"女性艺术家的食物是什么呢？这一问，我就想起了那顿晚餐的西梅干和蛋奶冻。要回答这一问题，只需打开晚报，读读伯肯黑德勋爵的看法——但我并不打算再费工夫引用勋爵到底怎么看待女性写作，同样也不打算复述英奇学监的观点。哈利街[32]的那些专科医生尽可以大声疾呼，但丝毫动摇不了我的内心。不过，我得引用奥斯卡·勃朗宁先生的言论，因为他在剑桥是头面人物，曾担任格顿学院和纽纳姆学院的考试命题人。奥斯卡·勃朗宁先生总爱宣称，随便审阅一套考卷后，在他的印象里，成绩最好的女学生也不如成绩最差的男学生聪明。说完这番话，勃朗宁先生便回到了自己的房间——正是这后面的事情，使他稍微讨人喜欢，让他成为颇具威严的人——他回屋后发现有个马童躺在沙发上——瘦得皮包骨头、两颊凹陷、面黄肌瘦、牙齿发黑、四肢看着也不灵便……"那是阿瑟，"勃朗宁先生说，"他其实是个很可爱的孩子，而且心地纯洁。"勃朗宁先生的这两副面孔，在我看来是互为补充的。万幸当下传记盛行，因此我们总能以互补的视角来了解名人言行的全貌，进而诠释、理解他们的观点。

不过，虽然今天的我们能够做到，但放在五十年前，大人物的金口玉言想必足以产生令人胆怯的力量。假设有位父亲从最无私的关怀出发，希望他的女儿不要离开家，成为一名作家、画家或学者。他会说："你看奥斯卡·勃朗宁先生是怎么说的。"不仅有奥斯卡·勃朗宁先生，还有《周六评论》，还有格雷格先生。"女人存在的基本要义，"格雷格先生强调，"就是被男人供养，为男人效劳"——社会上充斥着男性本位观点，认为不必期待女性在智力方面有多了不起的表现。即使父亲们不将这种观点摆上台面，女孩儿们自己也会读到；即使到了19世纪，这些话依然会让她们元气大伤，并在她们的作品中留下烙印。你不能做这个，你做不了那个——她们始终要与这种论断做斗争，努力克服它的影响。对于小说家而言，这种偏见或许已不再致命，因为世间已经有了不少优秀女性小说家；对于画家来说，它依然会带来一些刺痛；对于音乐家来说，即使是现在，它依然极其有力，毒害无穷。女作曲家的处境，犹如莎士比亚时代的女演员。我又想起了我编的莎士比亚妹妹的故事,尼克·格林说,演戏的女人让他想到跳舞的小狗。两百年后,约翰逊再次使用这一比喻形容布道的女传教士。我又翻开了一本音乐领域的书,发现就是今年——耶稣诞生的第1928年,同样的措辞又被用来形容女性作曲家。"关于热尔梅娜·塔耶费尔[33]小姐,我们只需原封不动地引用约翰逊博士形容女传教士的名言,把职业一换就行:'先生,女人作曲就像狗用后腿直立行走。当然拙劣不堪,但令人惊讶的是,这事儿竟然能办到。'"[①]

历史,就是如此惊人地相似。

于是我获得了结论,不再细究奥斯卡·勃朗宁先生的其他生平细节。很明显,即使到了19世纪,也无人鼓励女性成为艺术家。反之,她们承受着无数斥责、侮辱、训诫与规劝。各种成见与论断的抗争和反驳弄得她们神经紧绷、心力交瘁。我们再次触及那个极其有趣却令人费解的男性情结,它强烈影响着女性的运

---

① 《当代音乐概论》(*A Survey of Contemporary Music*),塞西尔·格雷(Cecil Gray)著,第246页。

动。这种深植于心的欲望，除了要让"她"恒久处于下风，更是为了保证"他"始终高高在上。这心态使"他"的手伸向各处，不仅在艺术道路上横加阻拦，也在政治舞台前筑起藩篱，哪怕恳求他高抬贵手的人如此谦恭顺从，他自己也几乎不会受到半点儿威胁。我记得，即使是对政治满腔热忱的贝斯伯勒夫人（Lady Bessborough），也必须姿态谦卑地致信格兰维尔·莱韦森-高尔勋爵（Lord Granville Leveson-Gower）："……尽管我在政治上表现得较为激进，并且就政治议题发表了不少看法，但我完全认同您的观点——女人不该擅自介入政治或其他严肃事务（除非被人征询意见）。"接着，她满怀激情地探讨了一个极其重要的话题——勋爵在下议院的首次演讲。她将热情倾注到这件事情上，确实畅通无阻，也不会引起一点儿争议。这景象着实奇怪，我想。男性反对妇女解放的历史，或许比妇女解放本身更为有趣。如果格顿学院或纽纳姆学院的一位年轻女学生愿意收集例证、推导理论，也许能写出一本有意思的书来——但她需要戴上厚手套，躲在纯金栏杆后头保护自己。

我从贝斯伯勒夫人的经历里抽离出来,回想道,如今引人发噱的某些事情,在过去却是要郑重其事地对待的。我向你们保证,如今被贴上"无稽之谈"标签、只在夏夜读给少数听众打发时间的观点,过去曾深深触动人心,让人泪流满面,各位的祖母与曾祖母中,许多人为此哭肿过双眼,弗洛伦丝·南丁格尔[34]也曾在痛苦中放声尖叫。[①]此外,你们已经上了大学,拥有自己的起居室——或者也兼作卧室——所以你们可能会脱口而出:天才不必理会他人的意见,天才不应囿于世俗的眼光。很遗憾,无论男女,恰恰是天才最把别人的评价放在心上。想想济慈,想想他墓碑上刻的话。再想想丁尼生。但其实我无须再多举其他例子来证明这一无可辩驳的不幸事实:过度关心外界评价是艺术家的天性。文学的历史长河中,满是过度在意他人眼光的失败者遗骨。

我认为,他们如此敏感实属不幸,尤其是当我回

---

① 参见弗洛伦丝·南丁格尔的《卡珊德拉》(*Cassandra*),收录于R.斯特雷奇的《事业:英国妇女运动简史》一书。

头继续思考什么样的心境最利于创作时,这种不幸更是变本加厉。因为艺术家要想完全实现心中构想的壮举,心灵就必须如莎士比亚的心灵般炽热——我看着那本摊开的书,它停在《安东尼与克莉奥佩特拉》的章节——我想,那颗心燃尽了一切杂质,热情洋溢、流光溢彩。

虽然我们对莎士比亚的心境一无所知,但在说这话时,我们已经是在讨论莎士比亚的心境了。比起对多恩[35]、本·琼森[36]或弥尔顿的了解,或许我们之所以对莎士比亚知之甚少,是因为他将不满、怨恨和敌意都藏在了书页之外。绝不会有任何"提示"在阅读时突然跳出来,让我们意识到作者的存在,把思路打断。所有抗议、说教、控诉伤害、报仇雪恨、向世人揭开疮疤、对大众喊冤诉屈的欲求,在他心中都荡然无存,因此,他的诗歌才如此徜徉恣肆、行云流水。如果这世上有人能将自己的作品完完整整地表现出来,那一定就是莎士比亚。如果说有谁的心灵能完全燃烧,才思纵横、情感奔放,我转身再次面对书架,那一定是莎士比亚的心灵。

尾注

1 乔治·麦考莱·特里维廉（George Macaulay Trevelyan，1876—1962），英国历史学家。

2 杰弗雷·乔叟（Geoffrey Chaucer，约 1343—1400），14 世纪英国诗人，被认为是中世纪英语文学的奠基人之一。代表作为诗体短篇小说集《坎特伯雷故事集》(*The Canterbury Tales*)。乔叟的作品对后世英国文学产生了深远的影响，被誉为"英国诗歌之父"。伍尔夫在该书后文中，也提到了乔叟对后世作家的启发。

3 克莉奥佩特拉（Cleopatra，前 69—前 30），也译作克利奥帕特拉、克娄巴特拉等，是埃及托勒密王朝最后一位女王，许多文学作品将其称为"埃及艳后"。此处伍尔夫指的是莎士比亚描写她人生故事的作品《安东尼与克莉奥佩特拉》(*Antony and Cleopatra*)。

4 莎士比亚四大悲剧之一《麦克白》(*Macbeth*) 中的女性角色。

5 莎士比亚四大喜剧之一《皆大欢喜》(*As You Like It*) 中的女性角色。

6 希腊神话中的人物，阿伽门农的妻子。在荷马史诗《奥德赛》与古希腊悲剧作家埃斯库罗斯的《奥瑞斯提亚》(*Oresteia*) 中登场。

7 希腊神话中忒拜国王俄狄浦斯与王后伊俄卡斯忒的女儿，古希腊悲剧作家索福克勒斯和欧里庇得斯都写过以她为主角的作品。

8 费德尔(Phedre),希腊神话中的女性人物,拉辛有同名剧作。

9 克瑞西达(Cressida),希腊神话女性人物,传说多与特洛伊战争有关。

10 莎士比亚四大悲剧之一《奥赛罗》(*Othello*)中的女主人公。

11 英国剧作家约翰·韦伯斯特(John Webster)的悲剧《马尔菲公爵夫人》(*The Duchess of Malfi*)中的女主人公。这部剧被认为是伊丽莎白时代和詹姆斯一世时代最后一部伟大的悲剧,仅次于莎士比亚的作品。

12 英国作家威廉·康格里夫(William Congreve)小说《如此世道》(*The Way of the World*)中的女主角。

13 英国小说家塞缪尔·理查森(Samuel Richardson)创作的书信体小说《克拉丽莎》(*Clarissa*)的女主角。

14 萨克雷《名利场》中的女性角色。

15 俄国作家列夫·托尔斯泰(Leo Tolstoy)小说《安娜·卡列尼娜》(*Anna Karenina*)的女主人公。

16 法国作家福楼拜(Gustave Flaubert)小说《包法利夫人》(*Madame Bovary*)的女主人公。

17 法国作家普鲁斯特(Marcel Proust)长篇巨著《追忆似水年华》(*À la recherche du temps perdu*)中的女性角色。

18 约翰·奥布里（John Aubrey，1626—1697），英国古文物研究者、博物学家、作家，著有《名人小传》(*Brief Lives*)。

19 乔安娜·贝利（Joanna Baillie，1762—1851），苏格兰女诗人、戏剧家。

20 爱伦·坡（Allan Poe，1809—1849），美国作家、诗人、文学评论家。

21 玛丽·拉塞尔·米特福德（Mary Russell Mitford，1787—1855），英国女散文家、小说家、诗人和戏剧家，代表作《我们的村庄》(*Our Village*)。

22 三人皆为古罗马著名诗人，文学史上一般将他们并列为古罗马文学的代表人物。

23 罗伯特·彭斯（Robert Burns，1759—1796），苏格兰农民诗人，对苏格兰民歌的复兴与流传做出了巨大贡献。

24 爱德华·菲茨杰拉德（Edward Fitzgerald，1809—1883），英国诗人、翻译家。

25 夏洛蒂·勃朗特的笔名。

26 阿芒蒂娜-露西尔-奥萝尔·迪潘（Amantine-Lucile-Aurore Dupin）的笔名，她是19世纪法国女性小说家、剧作家、文学评论家、报纸撰稿人、政治作家。

27 伯里克利（Pericles，约前495—前429），古希腊政治家、军事家、演说家。

28 让-雅克·卢梭（Jean-Jacques Rousseau，1712—1778），法国与日内瓦哲学家、政治理论家、文学家和音乐家，自传《忏悔录》(*Les Confessions*)是文学史上最早、影响最大的自我暴露作品之一。

29 托马斯·卡莱尔（Thomas Carlyle，1795—1881），19世纪英国著名历史学家和评论家，主要著作有《法国大革命》《论英雄、英雄崇拜和历史上的英雄事迹》《腓特烈大帝传》等。

30 约翰·济慈（John Keats，1795—1821），英国浪漫主义诗人。

31 原文为"Mighty poets in their misery dead"，英国诗人威廉·华兹华斯（William Wordsworth）的《序曲》(*The Prelude*)中的名句。

32 位于伦敦市中心，以牛津伯爵二世爱德华·哈利的名字命名，从19世纪以来聚集着大量医学菁英，被称为百年医疗街。

33 热尔梅娜·塔耶费尔（Germaine Tailleferre，1892—1983），法国女性作曲家。

34 弗洛伦丝·南丁格尔（Florence Nightingale，1820—1910），英国护士、统计学家，近代护理学和护士教育创始人，全球范围内女性从事护理事业的先驱者。

35 约翰·多恩（John Donne，1572—1631），又译邓约翰，英国诗人、学者，玄学诗派代表人物。

36 本·琼森（Ben Jonson，1572—1637），英国剧作家、诗人、演员，和约翰·多恩都是与莎士比亚同时期活动的创作者。

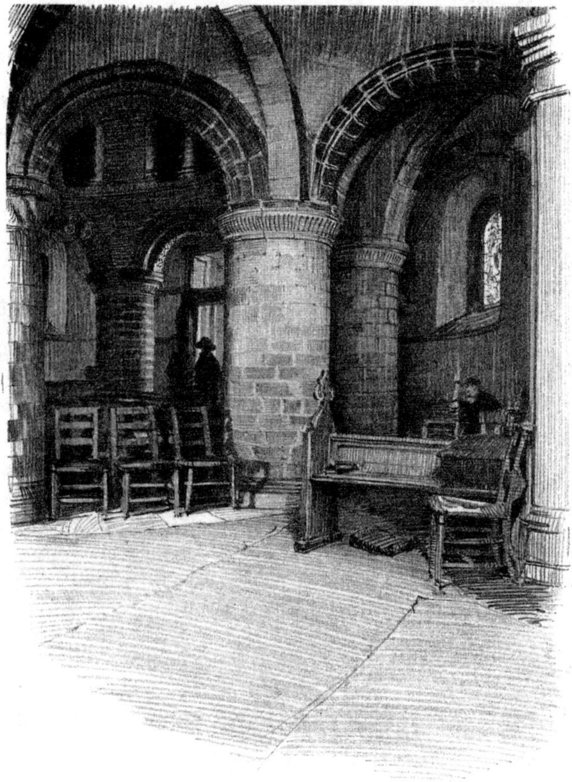

Chapter 4

散落在伦敦二手书店里那些出自女性之手的小说,就像果园里布满坑疤的小苹果,正是核心的瑕疵导致了它们的腐烂。她为了迎合别人的意见而扭曲了自己的价值观,但在那种环境下,想要始终坚持内心,不被左右,实在难上加难。

我们显然不可能在16世纪找到有同样心境的女性写作者。只需想想，伊丽莎白时代有那么多的墓碑上刻着双手合十、跪姿的孩童；想想这些孩子们早夭的命运，再看看他们住所里幽暗、局促的小房间，就能明白：那时的女性不可能写诗。只能指望再过些年，或许有位大家闺秀借着相对自由、舒适的条件，冒天下之大不韪，出版一些署名作品，即使可能被人当作怪胎。当然，男人不都是势利小人，我得谨慎小心些，以免被认为是丽贝卡·韦斯特小姐那种"坏透了的女权主义"；一般来说，他们会带着怜悯的态度赞赏一位致力于写诗的伯爵夫人。可以想见，一位贵族夫人得到的鼓励，会远远超过当时名不见经传的奥斯丁小姐或勃朗特小姐获得的支持。但同时，我们也能发现，夫人的心境会被恐惧、仇恨等种种外来情绪干扰，这些情绪也会在她的诗作中留痕。温奇尔西夫人[1]（Lady Winchilsea）就是一个例子，我想着，从书架上取下了她的诗集。她生于1661年，出身世族，与结婚对象门当户对；她一生没有子女，写诗。只要翻开她的诗集，我就能看到她喷薄而出的怒火，直指女性境遇的不公：

> 我们是何等一落千丈！缘于谬误准则的引导，
>
> 教育使我们变得比天性更无知；
>
> 心智进步的权利被剥夺殆尽，
>
> 被要求平庸，在安排中变得愚钝；
>
> 如果谁在众生中崭露头角，
>
> 怀抱雄心壮志与热切向往，
>
> 也依旧难以与反阵营势力抗衡，
>
> 茁壮成长的希望终究难敌胆战心惊。

显然，她的心境绝非"燃尽了一切杂质，热情洋溢、流光溢彩"。恰恰相反，她的胸中塞满怨气与憋屈，令她分心劳神。人类在她心中分裂成了两个对立的派别，男人属于"反对阵营"；她对男人又恨又怕，因为他们手握权力,阻挡她的写作之路。

> 哎呀,想要舞文弄墨的女人,
>
> 会被视作僭越自大之辈,
>
> 此等过错无法被任何美德弥补。
>
> 他们说,我们误解了自身的性别与天职;
>
> 温文尔雅、嘉言懿行、轻歌曼舞、衣香鬓影、寻欢作乐,
>
> 才是值得我们追求的成就;
>
> 写作、阅读、思考和追根究底,
>
> 只会遮蔽美貌、虚度光阴,
>
> 使倾心于我们妙龄风姿的人退避三舍。
>
> 而操持卑微家庭的单调劳作,
>
> 竟被认为是我们至高的技艺与用途。

实际上,她得假设自己的作品永远不见天日,才能鼓励自己持续创作。她用悲伤的咏唱自我安慰道:

向三两挚友吟唱你的忧伤吧,

你今生注定与桂冠无缘;

愿你的隐居之所深沉幽暗,愿你栖身其中,心满意足。

然而很明显,如果她能让心灵摆脱仇恨和恐惧的束缚,不让怨气与不满积郁胸中,灵魂的火势就会燃得更猛。她的笔下偶尔会流淌出纯粹的诗意:

在退去光彩的绸缎上,

难以勾勒那无与伦比的玫瑰。

默里[2]先生相当公道地称赞了这几句诗,而且人们还认为,蒲柏也记住了她的其他诗句,甚至挪为己用:

如今黄水仙击败了脆弱的头脑;

我们在馥郁的痛楚中逐渐失却气力。

这位文采飞扬的女性,心智能与自然之景浑然一体,与沉思之境水乳交融,却被迫沉浸在愤怒与怨恨之中，实在令人扼腕。但她又怎么可能自救呢？我问道，同时想象着世间的讥笑、谄媚者的吹捧，以及职业诗人怀疑的目光。虽然她丈夫很体贴，婚姻生活也美满无比，但她的写作想必是在乡下的一间房子里闭门完成的，恐怕还经历了许多怨愤与道德顾虑的撕扯。我用了"想必"这一表述，是因为如果有人试图探究温奇尔西夫人的生平，会发现一如往常，人们几乎对她一无所知。忧郁使她备受煎熬。但至少，在我们读到她如此倾诉自己在忧郁笼罩下产生的种种想象时，我们可以了解这苦痛的冰山一角：

> 我的诗句遭人毁谤，我的工作也被质疑，
>
> 是徒劳的愚蠢之举，是自负犯下的罪过。

这项被如此口诛笔伐的工作，据我看，不过是些毫无害处的活动，例如在田间漫步时放任想象驰骋：

> 我的手乐于描摹非同寻常的事物，
>
> 选择离经叛道的方式，
>
> 在退去光彩的绸缎上，

难以勾勒那无与伦比的玫瑰。

如果她习惯如此，也乐在其中，那么自然不能指望得到嘲笑之外的任何反馈；据说，蒲柏或是盖伊[3]还夹枪带棒地说她是"憋不住乱涂乱画的女学究"。也有人说，她开罪于盖伊是因为她也嘲笑了他的作品，说他的诗《琐事》(*Trivia*)表明"比起端坐在轿子里，他更适合下来抬轿子"。不过默里先生曾说，这些都是"不足信的道听途说"，而且"乏味至极"。我倒不赞同他的观点，哪怕是存疑的流言，我也宁愿知道更多些，这有助于我发现，或者说，想象出这位忧郁夫人的形象：她喜欢在田野里漫步，脑海里充满对不寻常事物的奇思妙想，而且，那么冒失且不明智地，对"操持卑微家庭的单调劳作"不屑一顾。但她的行文后来变得啰唆，默里先生说，孕育她天赋的土壤已杂草丛生、荆棘遍布，她失去了向世界展现横溢才情的机会。

我把她的作品放回书架，转向另一位伟大女士——兰姆钟情的纽卡斯尔公爵夫人玛格丽特[4]，她思想天马行空，行事不知轻重，比温奇尔西夫人年龄稍长，但也算是同时代人。尽管二位女性性格迥异，但相似之处在于，她们都出身显贵，膝下没有子女，并且嫁给了最理想的丈夫。她们心中燃烧着对诗歌毫无二致的热情，也因为相同的原因身心受损扭曲。在公爵夫人的作品里，我发现同样的怒火迸射而出。"妇女如蝙蝠或猫头鹰般度日，如牲畜般劳作，最后如虫豸般死去……"玛格丽特本来也可能成为诗人，在我们这一时代，她的一切努力都可能有所建树。但在当时，有什么能约束、驯服或教化这种狂野、澎湃、璞玉一般的智慧，使之为人类所用呢？它只能毫无秩序地喷涌而出，这股混杂着韵文、散文、诗歌和哲学的洪流，凝固成一册又一册对开本或四开本，却落得无人问津的下场。本该有人递给她一台显微镜。本该有人教她观测星空，教她如何以科学方式推理。在孤独与自由中，她的思维偏离了常轨，无人阻拦也无人教导。教授们巴结她，贵族们嘲弄她。埃杰顿·布里奇斯爵士[5]抱怨过她言辞粗俗——"居然来自出身宫廷的高贵女性笔下"。最终，她把自己关在维尔贝克庄园里，不再和世俗打交道。

一想到玛格丽特，我的脑海里就浮现出一幅图景，何其孤寂，又何其喧嚣！就好像一株巨大的黄瓜藤在园中张牙舞爪，将所有玫瑰和康乃馨扼杀殆尽。实在太可惜了，她曾写过"思想最文明的女性，言行也最得体"，自己却将宝贵时光耽误在毫无意义的涂鸦上，在荒唐的泥淖越陷越深，声誉每况愈下。后来，每当她出行，人群都会蜂拥到马车旁围观她。显然，这位疯狂的公爵夫人，最终沦为了某种被用来吓阻聪明女孩的可怖形象。此时，我突然想起了什么，于是放下公爵夫人的书，翻开多萝西·奥斯本[6]的书信集。她给自己的未婚夫坦普尔爵士写信时谈起了公爵夫人的新书。"这可怜的女人一定有些神经错乱，否则她绝不可能干出写书这种荒唐事，写的还是押韵的'诗'。即使让我两个星期不合眼，也不至于变成那副德行。"

既然神志清明的端庄淑女都不写书，那么多愁善感、脾性与公爵夫人截然相反的多萝西当然就什么也没写过。不过写信不算写作，女人是可以在父亲的病榻边写信的；男人们交谈时，她可以在壁炉旁边写，这样就不会打扰他们。奇怪的是，我翻阅着多萝西的信，心想，这个没受过学校教育的孤独女孩竟然有如此的天赋来构筑语句、塑造场景。听听她是怎么铺陈文字的：

> 晚餐后我们坐下来聊天，后来他们谈起B先生，我就离开了。白天最炎热的时候，我读书，做些女红。六七点钟，我会去我家附近的一片公共草地，那儿有很多年轻的乡下姑娘在放牛牧羊。牛羊吃草，她们就在树荫下坐着唱民谣。我走近她们，观察她们的歌喉与容颜，发现与我在书里读到过的古代牧羊女很不一样。但是，相信我，我觉得她们同样天真纯洁。我和她们聊了起来，发现她们已经过上了全世界最幸福的生活，只是自己还浑然不觉。通常，在我们谈话正酣时，总会有一位突然四下张望，猛然发现自家的牛窜进了玉米田，于是她们便立刻四散奔去，仿佛脚下生了翅膀。我腿脚不如她们利索，就留在原地。看着她们赶牛回家，心想自己也该回去了。晚饭后，我去了花园，在那条

流经园子的小河边坐下，心里想着，如果这
时候你也在这里，该多好……

我可以发誓，她有成为作家的潜质。可是她说，"即使让我两个星期不合眼，也不至于变成那副德行"。可见当时社会反对女性写作的声浪有多么强烈，以至于即便是天生擅长写作的女性，也会让自己相信：写书是荒谬之举，甚至认为写书的女性都神经错乱。于是我将多萝西这一小本书信集塞回书架，换成了贝恩夫人[7]的作品。

跟着贝恩夫人，我们来到了这段旅途极为重要的转捩点。那些寂寞的贵妇在自家庄园里写作，只是为了自娱，没有读者，也得不到评价。我们先把她们和她们的对开本都留在那儿，到城里去吧，去看一看街上的普通人。贝恩夫人是位中产阶级妇女，幽默且有活力、勇气……拥有一切平民阶级的美德；经历丈夫去世和其他种种变故后，她被迫依靠才智谋生。她不得不与男人在同样的条件下工作，埋头苦干，最后获得了衣食无忧的生活。自食其力这一事实的意义甚至胜过她实际写下作品本身——哪怕是《我造就了千百为爱殉道者》或《爱在狂想的胜利之巅》这样的杰出诗作,因为她的思想从此获得了自由。或者,更确切地说,她们此后终有一天,能随心所欲地表达自己的思想。有了阿芙拉·贝恩的成功模板,女孩们就能跟父母说,你们不必给我零用钱了,我能靠写东西赚钱养活自己。当然,此后许多年,父母还是会这么对她们说:对!活得像阿芙拉·贝恩那样,还不如死了好!紧接着是一声摔门的巨响,比过去来得更快。

时机已至,一个极具深意的课题——男性赋予女性贞操的价值,以及这种贞操观如何影响女性教育——自然而然地摆在了我们面前,如果有格顿学院或纽纳姆学院的学生愿意深入研究,或许能写出一本饶有趣味的专著。穿金戴银的达德利夫人(Lady Dudley)坐在苏格兰高地荒原飞舞的蚊虫当中的画面,可以作为这本书的卷首插图。达德利夫人前阵子去世了。当时《泰晤士报》(*The Times*)报道,达德利勋爵"品位高雅、多才多艺,仁慈而慷慨,但匪夷所思地专横霸道。

他坚持要妻子永远身穿全套正式礼服,哪怕在苏格兰高地最偏远的狩猎小屋也一样。他为妻子戴上价值连城、光彩夺目的珠宝首饰"……"他给了她一切,却不让她肩负一丁点儿责任"。后来达德利勋爵中风倒下,夫人不仅照料他直到他去世,还接管了庄园,展现出卓越的管理才能。这种匪夷所思的专制,直到19世纪依旧存在。

让我们说回正题。阿芙拉·贝恩身体力行地证明,尽管可能会牺牲某些讨人喜欢的优良品质,但写作的确可以赚钱。由此,写作逐渐不再是精神错乱和荒唐的象征,开始有了实际价值。丈夫有可能撒手人寰;灾厄有可能从天而降,毁掉一个家庭。于是,进入18世纪后,成百上千的妇女为了赚些零用钱或补贴家用而开始做翻译,还写了数不清的蹩脚小说。这些小说如今在教科书中无迹可寻,不过在查令十字街二手书店的廉价书箱里还找得到。到了18世纪后期,女性的思想活动尤显活跃——她们参加讨论、社交,撰写以莎士比亚为主题的文章、翻译经典文学作品——一切都基于这样一个牢不可破的事实：女性能靠写作获取经济报酬。赚不来钱时，写作被视为无关紧要的肤浅琐事；一旦能拥有收入，它就变得堂皇而体面了。嘲讽"憋不住乱涂乱画的女学究"的声音或许仍在坊间，但无人能否认，她们通过写作，能让自己的钱包鼓起来。

18世纪末，一场变革悄然发生。如果有人赋予我重写历史的权利，我将对此进行全面而充分的描述，并将它的重要程度提到十字军东征或玫瑰战争之上：中产阶级女性开始了写作。如果《傲慢与偏见》在文学史上很重要，如果《米德尔马契》《维莱特》《呼啸山庄》也很重要，那么女性普遍开始写作这件事情的重要性甚至远超这些作品。不仅深居乡间宅邸、被书卷与溜须拍马环绕的寂寞贵妇开始写作，更多一般女性也开始提笔书写。要说清这一事实的意义，我这一小时的演讲是远远不够的。若非这些先行者，简·奥斯丁、勃朗特姐妹和乔治·艾略特就不可能写作，就像马洛[8]之于莎士比亚、乔叟之于马洛一样。若非那些姓名已不可考的诗人驯化了天生带有野性的语言文字，铺平了前路，乔叟也不可能写作。杰作不是闭门造车后的一鸣惊人，而是岁月长河中无数灵魂集体智慧的沉淀，个体的声音承载着群众的经验。简·奥斯丁应当在范妮·伯尼的坟前敬献花环；乔治·艾略特应当向伊丽莎白·卡特坚韧的灵魂致敬——这位勇敢的老妇人在床头系上了铃铛，好每天早起学习希腊语；所有女性都应当在阿芙拉·贝恩的坟上撒下鲜花，她的墓地位于威斯敏斯特大教堂，某种程度上，既令人不齿，又恰如其分，因为正是她为女性争得了表达自己思想的权利，也正是因为她——尽管她声名狼藉、风流成性——让我今晚对你们说的话不至于像痴人说梦：靠你的才智，每年去赚五百英镑吧。

现在，我走到了19世纪初的作品面前。我第一次发现，有几个书架从头到尾都摆着女作家的书。不过，我扫视完毕后，不禁发问：除了极少数，它们怎么都是小说？诗歌才是文学最初的脉动。"歌之至尊"是位女诗人。无论是法国还是英国，女诗人都比女小说家先出现。还有，我盯着四个闻名遐迩的姓名，心想，乔治·艾略特和艾米莉·勃朗特有什么共同之处？夏洛蒂·勃朗特不是对简·奥斯丁完全不理解吗？除了都没有孩子这一点，我再也没法找到她们之间的一丁点儿关联了。如此格格不入的四个人绝无可能共处一室——这更让人情不自禁地幻想，假若她们碰面并交谈，会是怎样一番景象。然而，某种不可知的神秘力量驱使她们在创作时都选择了小说。我心想，这与她们都出身中产阶级有关系吗？

此处还有另一个事实（埃米莉·戴维斯[9]小姐稍后完美地对此进行了证明），那就是，在19世纪初，中产阶级家庭通常只有一间起居室。女性如果要写作，就只能在这公共的起居室里写。而且，正如南丁格尔小姐强烈抱怨过的那样——"女人从来没有半个小时……可以自由支配。"——她总是被打断。在起居室写散文和小说，会比写诗或戏剧容易些，需要的专注力相对较低。简·奥斯丁就这样写到了人生的最后一刻。"她如何做到这一切，"她的侄子在为她立传时这样写道，"实在令人惊讶。因为她没有独立的书房可以使用，大部分工作肯定是在公用起居室完成的，还受到各种偶然因素干扰。她格外小心，避免自己的职业被仆人、访客或家人之外的任何人怀疑。"[1] 简·奥斯丁会藏起手稿，或者把它们盖在吸墨纸下边。话说回来，在19世纪初，女性能接受的一切文学训练不过是察言观色罢了。数百年来，女性就是在公用起居室里培养了自己敏锐的感性。她总能目睹人与人之间的种种悲欢离合，对这些有着极深刻的印象。因此，当中产阶级女性开始写作时，自然而然就会选择小说，尽管各位都能看出来，我提到的四位著名女性，其中两位并非天生就是小说家。艾米莉·勃朗特本应该写诗剧；乔治·艾略特的创作冲动倘能投入历史或传记创作，那广博的思想绝对会创造出更高的成就。然而她们写了小说。我甚至可以更肯定地说——我伸手取下《傲慢与偏见》——她们写了好小说。在不夸大其词，也不让男性不快的前提下，我们确实可

---

[1] 《简·奥斯丁传》(Memoir of Jane Austen)，作者是简·奥斯丁的侄子詹姆斯·爱德华·奥斯丁-利（James Edward Austen-Leigh）。

以说,《傲慢与偏见》是本好书。无论如何,被人发现正在写《傲慢与偏见》这样的小说,不应该无地自容。然而,简·奥斯丁还是在听到房门铰链嘎吱作响时感到庆幸,这样她就来得及在别人进来前藏好手稿。对简·奥斯丁来说,写《傲慢与偏见》竟还是件可能危及名声的事情。我想知道,如果简·奥斯丁不惮于让人发现自己的手稿,《傲慢与偏见》会不会是一部更好的小说?我读了一两页,但完全无法找到任何迹象,能证明她当时的处境对作品产生过哪怕最轻微的损害。也许这正是这部杰作最神奇之处。这位生活在1800年前后的女作家,笔下没有仇恨、没有怨怼、没有恐惧、没有抗议,也没有说教。我看着《安东尼与克莉奥佩特拉》,心中涌现这样的念头:莎士比亚也是如此写作的。当人们将莎士比亚与简·奥斯丁做比较时,可能意指双方的心灵都排除了一切阻碍。正因为如此,我们无法真正了解简·奥斯丁,也无法完全认识莎士比亚;也正因为如此,简·奥斯丁的精神渗透在她笔下的每字每句当中,莎士比亚亦然。如果说这种环境对简·奥斯丁有什么不利影响,也许就是她不得不接受狭隘生活的桎梏。当时的女性不能独自外出、四处走动。她从不旅行,从没乘坐公共马车穿行于伦敦市区,也从不独自在店里用午餐。不过,也许简·奥斯丁生来就对自己未曾拥有的一切毫无欲求,她的才能与她的处境竟毫无冲突。但我怀疑夏洛蒂·勃朗特不是这样。说着,我翻开了《简·爱》,它就摆在《傲慢与偏见》的边上。

翻到第十二章,这句话马上引起了我的注意:"任谁都可以责备我。"我很好奇,夏洛蒂·勃朗特有什么能让人责备的呢?我读到,简·爱会趁着费尔法克斯太太做果冻的时候爬上屋顶,远眺田野的风光。接着她产生了渴望,这就是她受责备的原因——

> 然后我渴望我的视力可以超越边界,能到达我曾听说却从未亲眼见过的那些繁忙而生机勃勃的世界、城镇与地区。这时候,我总渴望能拥有比现在更多的生活阅历,能有更多机会去接触和我一样的人,以及与我不同的人。我珍视费尔法克斯太太与阿黛尔身上的优点,但我相信世界上一定还存在着其

他更多生动且优秀的人,我希望能亲眼去看看我相信的一切。

有谁会责备我呢?毫无疑问有很多,他们会说我不知足。但我情不自禁,我生来就不安分,这种天性有时候会让我感到痛苦……

强调人类应当满足于平静是一种徒劳:人必须行动,如果他们找不到机会,就会创造机会。千百万人注定要忍受更加像一潭死水一样的生活,也有千百万人在默默与命运抗争。没有人知道,世上的芸芸众生中,有多少反叛正在酝酿。人们总认为女人应当保持静默:但女人和男人拥有同样的感觉;她们也需要锻炼自己的能力,需要施展抱负的机会,就像她的兄弟们一样;当她们遭遇过于严苛的束缚和过于绝对的停滞时,会和男人同样痛苦不堪;如果比她们拥有更多特权的他们说,她们只配做布丁、织袜子、弹钢琴、绣花袋,那他们的偏见未免也太深了。

如果她们想要打破习俗对性别角色的限制，想更多地学习与实践，那么为此指责或嘲笑她们，无疑是轻率而自私的。

> 我这样独自待着的时候，总会听见格蕾斯·普尔的笑声……

我觉得此处是个突兀的中断。格蕾斯·普尔的突然出现实在烦人，打破了叙事的连贯性。人们也许会认为，我把书放在《傲慢与偏见》旁边，继续想，写下这几页的女作家，她的才华胜过简·奥斯丁。但当我通读之后，留意到字里行间的那些痉挛与愤慨，就会发现，她无法原原本本地呈现自己的才华。她的作品是畸形而扭曲的。她将本应冷静书写的部分写得咬牙切齿，将本应明智表达的部分写得愚蠢荒唐。她本应刻画虚构的人物，却把自己写了进去。她总在与自己的命运交战，在如此压抑与挫折之下，怎么可能不英年早逝呢？

我不禁遐想，要是夏洛蒂·勃朗特每年能挣到三百英镑，她的人生将会如何——但这个不聪明的女作家竟然以区区一千五百英镑的价格，卖掉了自己全部小说的版权。要是她有办法更了解那些繁忙而生机勃勃的世界、城镇与地区，得到更丰富的生活阅历，多接触自己的同类，多结识形形色色的人，她的结局会如何？书中那些文字不仅准确揭示了她作为小说家的不足，也显示了当时女性的普遍缺憾。没人比她更清楚，如果她的天赋不被消耗在对远方的孤独幻想中，而是在体验、社交和旅行中获得滋养，她的创作将如何突飞猛进。然而，她得不到这样的机会，只是一直被无情地拒绝。我们必须接受这样的事实：这些优秀的小说——《维莱特》《爱玛》[10]《呼啸山庄》《米德尔马契》——都由女性写就，她们的生活经验仅来自体面牧师家庭的日常事务，她们的写作地点也只有家中的公用起居室。她们手头拮据，只够买稿纸来写《呼啸山庄》或是《简·爱》。确实，她们中有一位，就是乔治·艾略特，历经诸多磨难最后逃离了这种境遇，但也不过是搬到圣约翰伍德[11]的一栋僻静别墅而已。她在那里隐居，却始终没能逃出世俗非议的阴影。"希望大家理解，"她写道，"我绝不会邀请任何人登门拜访，除非他们主动要来。"这是因为，她跟一个另有家室的男人住在一起，这是种罪孽深重的生活方式。要是某位史密斯夫人，或是其他偶然来访的人见到她，想必贞洁的名誉就会受损。所以，她必须遵循社会习俗，接受"与世隔绝"的命运。而同一时代，欧洲大陆另一端有位年轻男子，他可以随心所欲地跟异性来往，时而跟吉卜赛姑娘厮混，时而跟贵妇同居；他参军入伍，上过前线；他无拘无束地汲取着丰富多彩的人生经验，这些经历对他日后的写作大有裨益。如果托尔斯泰和某位有夫之妇"与世隔绝"地隐居在修道院里，那么无论这种道德教训多么发人深省，我认为，他都不可能写出《战争与和平》。

不过，关于小说创作，以及性别对小说家的影响，或许我们可以做一点儿更深入的探讨。如果闭上眼睛，整体思考一部小说，它似乎是一种像镜子般反映现实生活的创作，尽管其中存在着不计其数的简化与畸变。但无论如何，这是一种结构，能在人们心中呈现具象的形态——时而是方形，时而像宝塔，时而向外延展出侧厅与拱廊，时而是坚固紧凑的穹顶，就像君士坦丁堡的圣索菲亚大教堂那样。我回想了几部名著小说，觉得这些形态能够勾起人们心中与之对应的情感。不过，这些情感会立即与其他情感融合，因为构成这"形态"的并非一块块砖石，而是人际关系。小说就这样在我们心中激起了各种对立的情感，人生与并非人生的因素之间，存在不可调和的矛盾。因此，我们很难就小说达成任何一致意见，个人偏见对我们影响甚大。一方面，我们觉得，你——故事里的英雄约翰——必须活下去，否则我将陷入绝望的深渊；另一方面，我们觉得，唉，约翰，你必须死，因为这本书的起承转合需要如此。人生与并非人生的因素之间存在不可调和的矛盾，既然小说有一部分与人生相关，我们就会像评判人生一样评判它。有人说，我最讨厌詹姆斯那类人。或者说，这是出荒唐的闹剧。我自己从来没有这种感觉，回想任何一部经典小说的整体结构，能一目了然：它们全都无比复杂，因为其中存在着大量莫衷一是的评判与五味杂陈的情感。不可思议的是，如此复杂的作品，其中各项元素却能相与为一，形成连贯一致的表达，甚至英国、俄罗斯和中国的读者的阅读体验也大体相同。

不过，能够出色地保持内部一致性的作品堪称凤毛麟角。在这些稀有的传世之作（我想到了《战争与和平》）当中，维系完整性靠的是一种俗称"操守"[12]的品格，尽管它与按时付账或是在危急时刻的正派行为都没有关系。对小说家而言，操守就是要让读者相信，自己笔下所言皆是事实。没错，人们会觉得，我真没想到事情会这样，我从没见过任何人这么做。但既然你让我相信了，那么好吧，事情确实这样发生了。人们会将自己读到的每个词组、每个场景都拿到光下细细检视——说来也怪，大自然似乎赐予了我们内心之光，可以通过它来判断小说家有没有操守。更准确地说，或许是大自然在最不理性的状态下，把某种预感用隐形墨水画在了心灵之墙上，此后被这些伟大的艺术家证实。那是一幅只有被天才之火照耀方能得见的草图。当人们看着它栩栩如生地显现出来，会欣喜若狂地呐喊：这正是我一直以来感受、理解和渴望的！于是难掩激动之情，怀着近乎敬畏的心情合上书，随即将它放回书架，仿佛它是一件可以在余生反复回味的稀世珍宝，说着，我把《战争与和平》也放回了原来的地方。但如果被我们检视的句子不太高明，那么乍看之下，鲜明夸张的描写与大胆耸动的情节或许能在那一刻激起阅读热情，但也仅限于此：文本的推进似乎被什么绊住，缺乏深入透彻的表达；也有时候，它们只是边边角角上的几条模糊划痕，或是涂改下的污迹，无法呈现任何完整清晰的画面，此时，我们便会失望地叹息道：又是失败之作，这部小说有瑕疵。

当然，小说里确实多少会有些瑕疵。巨大的身心压力之下，想象力会不堪其重、摇摇欲坠；洞察力也不再敏锐，失去了分辨真伪的火眼金睛，无力承担这项需要不断调动多种才能的艰巨工作。但是，看着《简·爱》和其他小说，我不禁想知道，小说家的性别会如何影响这一切。女性小说家会不会被性别干扰操守？我认为这种操守是作家的主心骨。在我引用的《简·爱》段落中，显而易见，愤怒正在破坏夏洛蒂·勃朗特身为小说家的操守。她把本应全心投入的故事搁置一旁，转而关注自己的委屈。她想起自己渴望更多的生活经验，却被剥夺了这种机会——她想要随心探索世界，却被迫留在牧师家里缝补袜子。她的想象力由于满腔愤懑而偏离了故事原本的方向，我们都能从她的小说中体会得到。除了愤怒，还有许多其他因素牵扯着她的想象力，使其偏离既定路径，例如，无知。罗切斯特的形象仿佛是在一片漆黑中画出来的。恐惧的阴影在她的文字中若隐若现，正如我们不断体味到的那份酸楚，它源于压抑，伴随着深埋于作者激情之下的痛苦，郁积在字里行间，化作涌动的暗流。深藏的怨恨扭曲了那些壮丽的篇章，每个段落都仿佛在痛苦地痉挛。

由于小说与现实生活存在如此紧密的联系，因此，某种意义上，小说的价值观就等于现实生活的价值观。但显而易见的是，女性的价值观往往天然地不同于另一个性别。可是，占据主导地位的还是男性的价值观。粗略地说，足球和体育是"重要的"，而热衷时尚、添置服装则"不值一提"。这些价值观无可避免地从生活进入了小说。评论家认为，这本书意义重大，因为它涉及了战争；那本书无足轻重，因为它反映的是起居室里的女性情感。战地场景比商店场景更重要——隐晦的价值观差异无处不在。所以，19世纪早期的女作家在构思小说时，心智往往受到外界权威的牵制，导致笔下的世界稍稍偏离了最初的方向，无法完全忠于自己内心，也难以保持原本清晰的思路。只消略读那些被遗忘的旧时小说，就能从文本当中的语气推测出，当时作者正面对着外界的批评：她写下这段是为了挑衅，写下那段是为了求和。她要么承认自己"不过是个女人"，要么抗议自己"优秀得像个男人"。她的回应全由性情决定，要么是顺从的嗫嚅，要么是愤怒的大喊，但具体是哪种，都已不重要，她的心思早已脱离了作品本身。

她的书就像一记重击，砸到我们头上，其核心部分存在着无法弥补的瑕疵。我想到了散落在伦敦二手书店里那些出自女性之手的小说，就像果园里布满坑疤的小苹果，正是核心的瑕疵导致了它们的腐烂。她为了迎合别人的意见而扭曲了自己的价值观，但在那种环境下，想要始终坚持内心、不被左右，实在难上加难。在完全父权制的社会，女性需要怎样的才华、怎样的操守，才能直面一切批评，毫不退缩地坚持自己所见的真相！只有简·奥斯丁和艾米莉·勃朗特做到了。她们以女人的方式写作，而不是模仿男人。这是她们应该引以为豪的事实，或许也是最值得骄傲的：当时写小说的女性成百上千，只有她们毫不理会训导者无休无止的训示——你该写什么，你该怎么想。只有她们对这种永不停歇的唠叨充耳不闻。那声音时而怨气冲天，时而居高临下，时而盛气凌人，时而悲痛欲绝，时而惊惶失措，时而怒不可遏，时而摆出一副长辈的姿态。那声音始终不肯放过女性，如同过分尽责的女家庭教师，或像埃杰顿·布里奇斯爵士那样，苦口婆心地请她们保持娴静，甚至在评论诗歌时也要夹带对性别的审判。[1] 她们被告诫，如果想获得肯定，想赢得光辉的奖项，就不能越过那位先生认为妥当的边界："……女小说家只有勇于承认自己性别的局限，才能追求卓越。"[2] 这句话点明了问题的核心。当你们听到

---

[1] "（她）带着形而上的目的，这种执念非常危险，对女人来说尤甚，因为很少有女人能像男人一样对修辞怀有健全的热爱。女性的这种缺失十分奇怪，尤其考虑到在其他层面上，女性都更原始、更物质化。"——《新标准》杂志（*New Criterion*），1928年6月号

[2] "如果你认同那位记者的观点，认为女性小说家应该勇敢承认性别的局限，才能追求更高的成就（简·奥斯丁已经优雅地为我们示范了如何做到这一点……）。"——《生活与文学》杂志（*Life and Letters*），1928年8月号

这句话写于1828年8月而非1928年8月时，或许感到惊讶，但我相信你们也会同意，虽然这句话现在看来引人发笑，但代表着当时的主流舆论——我不打算在陈年旧事上过多纠缠，只想关注出现在我们眼前的问题——一个世纪前，这种观点更广为传播，也更有社会影响力。生活在1828年的年轻女性，若想无视这一切怠慢、呵斥、利诱，必须极其坚定勇敢，必须有煽动叛乱般的斗志，才能对自己说："哦，可文学总归不能被他们买断的。文学的大门向所有人敞开。我不允许任何人——即使你是仪仗官——把我赶离这片草地。你要是想把图书馆锁起来，就这么办吧，但任何大门、门锁或门闩，都限制不了我思想的自由。"

然而，无论阻挠与批评对她们的写作产生了怎样的影响——我相信影响很大——当她们开始将思想付诸笔端时，就会面临另一个困境（我讨论的还是19世纪早期的小说家），相比之下，其他难题都微不足道——她们的写作缺乏传统的支撑，即使有，也短暂而不完整，帮助甚微。因为我们身为女性，想要追溯历史只有通过回顾我们母亲的经历。无论我们从男作家的作品中获得了多少乐趣，向他们求助都是徒劳的。兰姆、布朗[13]、萨克雷、纽曼[14]、斯特恩[15]、狄更斯[16]、德·昆西[17]——无论是谁——从未帮助过任何女性写作者，尽管她可能从他们那里学到过几招，并将其运用于自己的创作。男性思维的分量、速度与进展与女性大相径庭，她无法从中成功获取任何实质经验。参照物过于遥远，再努力也无济于事。在握笔准备书写时，或许她的第一桩发现就是，没有堪用的现成语句。萨克雷、狄更斯和巴尔扎克这些大小说家，都以自然的笔触创作，高产却不草率，表达生动却不做作，既自成一格，又雅俗共赏。他们的作品建立在当时通行的表述基础之上，19世纪早期，那些语句大抵如此："他们的伟大作品本身，就是他们从不止步，一直向前的有力论据。他们在艺术创作中找到无上的兴奋和满足，真理与美的传承令他们不懈追求。成功激励人奋进，而习惯则促进成功。"这些表达都充满男性色彩，透过这些文字，人们能看到约翰逊、吉本[18]和其他男性的身影。

但是这种充满男性色彩的表达不适合女性。夏洛蒂·勃朗特尽管拥有非凡的散文天赋，但若手握这件笨重的武器，还是会让她踉踉跄跄、跌倒在地。如果乔治·艾略特使用这不称手的工具，或许会犯下什么不可描述的"滔天大罪"。而简·奥斯丁看着它，付之一哂，接着替自己设计了一种自然、优美、富有条理的表达方式，并终身坚持使用。因此，尽管她的写作才华比不上夏洛蒂·勃朗特，但她表达出来的东西比后者完整得多。艺术的精髓在于自由充分地表达，因此，当女性缺乏创作传统，又没有合适工具时，她们的写作必然大受影响。此外，书籍并非句子的简单堆砌，打个比方，它是由句子与句子构筑而成的，就像结构复杂的拱廊或穹顶。男性是根据自身需求创造出这些结构，供他们自己使用的。我们没有任何理由相信，史诗或诗剧比这些男性的句式更适合女性。当女性开始写作时，旧有的文学形式早已固化定型了，唯有小说这种体裁尚属新生事物，在她手中仍旧可塑，这也许正是女性选择写小说的另一个原因。然而，谁能断言，今日的"小说"（我加了引号，因为觉得它尚存诸多不足），作为一切文学形式中最灵活的一种，对女性来说就完全适用呢？无疑，当她能够自由发挥时，我们会发现，她正将这一形式亲手重塑成适合自己的模样，并且为自己心中的诗意创造新的载体,不一定以诗歌形式,因为那份诗意迄今仍未得到充分表达。我继续思考,如今的女性要怎么创作出一部充满诗意的五幕悲剧?她会用韵文来写吗?还是更倾向于散文?

但这些难题的答案都藏在朦胧的未来之中。我必须暂且搁置它们,因为陷入这样的思考会使我偏离主题,在人迹罕至的森林里乱闯,很可能葬身野兽之口。我不想,相信你们也不希望我提起那个沉闷的话题——小说的未来。所以,我在这里仅稍做停顿,提请各位注意,在未来,女性的身体状况将成为不可忽视的因素。书终究得与身体条件相匹配,大致上说,由女性写的书,应该比男作家的书更加短小精悍、言简意赅。同时,结构也得精心安排,这样她们就无须全神贯注地长时间写作,因为打扰总是在所难免的。还有为大脑提供养分的那些神经,男女之间或许也有不同。想让神经发挥全力、尽其所能,就必须摸索出适当的方式——例如,像这种由僧侣们在几世纪前设计的长时间讲座,果真适合女性吗?她们的工作与休息应该如何交替?这里的"休息"并非无所事事,而是从事一些不同的活动,那么这种"不同"究竟是什么呢?这一切都应该多加讨论与探究,它们都是"女性与小说"这一问题的一部分。然而,我继续思索,再次走近了书架。我要去哪里才能找到女性在女性心理学方面的详尽研究呢?如果女性因为不能踢足球就不被允许学医的话……

所幸,我的思绪一转,去了一个新的方向。

尾注

1 指安妮·芬奇（Anne Finch），英国女诗人，被认为是奥古斯都时代最杰出的女性诗人之一。

2 约翰·米德尔顿·默里（John Middleton Murry，1889—1957），英国作家、小说家、诗人和散文家，曾任文学杂志编辑，有众多批评作品。

3 约翰·盖伊（John Gay，1685—1732），英国诗人、剧作家。

4 玛格丽特·卡文迪什（Margaret Cavendish，1623—1673），英国哲学家、科学家、诗人、剧作家、作家，本名玛格丽特·卢卡斯（Margaret Lucas）。卡文迪什在女性识字率极低的时代，坚持写作并公开发表自己的作品，这在当时是非常"另类"的行为。她不仅大声疾呼兴办女子教育，还积极参与政治和社会活动，为女性教育和权益的提升做出了重要贡献，作品亦对现代女性文学有重要意义。

5 埃杰顿·布里奇斯爵士（Sir Egerton Brydges，1762—1837），英国书目学家和家谱学家。

6 多萝西·奥斯本（Dorothy Osborne，1627—1695），英国女性书信作家，丈夫即后文提及的威廉·坦普尔爵士（Sir William Temple）。

7　阿芙拉·贝恩（Aphra Behn，1640—1689），英国女戏剧家、小说家、诗人，被认为是英国第一位女性职业剧作家。

8　克里斯托弗·马洛（Christopher Marlowe，1564—1593），16世纪英国剧作家、诗人和翻译家，他的作品对后来的莎士比亚产生了重要影响。他的剧作如《浮士德博士的悲剧》(*Doctor Faustus*)和《爱德华二世》(*Edward* II)流行一时，以强烈个性、复杂的情节和丰富的想象力著称。

9　莎拉·埃米莉·戴维斯（Sarah Emily Davies，1830 —1921），英国女权主义者，创立了剑桥大学格顿学院。作为一名妇女参政主义者，她为妇女接受大学教育的权利而奔走。

10　《爱玛》(*Emma*)，简·奥斯丁的长篇小说，首次出版于1815年。

11　圣约翰伍德（St John's Wood）位于伦敦西北部威斯敏斯特市，摄政公园西北侧。

12　在西方语境下，integrity 表示一种职业上的"操守"，以正直、诚实为特征，也就是品格上完整无缺，无论任何情况都能坚守内心核心价值，并且身体力行。

13　托马斯·布朗（1605—1682），17世纪英国医师、作家，被誉为巴洛克时期英语散文大师之一，代表作《瓮葬》(*Urn Burial*)。

14 约翰·亨利·纽曼（John Henry Newman，1801—1890），19世纪英国著名的神学家、教育家、文学家及语言学家，自由教育的伟大倡导者。

15 劳伦斯·斯特恩（Laurence Sterne, 1713—1768），被誉为18世纪英国最伟大的小说家之一，文学史称其为意识流乃至现代派小说鼻祖。代表作为世界名著《项狄传》(*The Life and Opinions of Tristram Shandy*)。

16 查尔斯·狄更斯（Charles Dickens, 1812—1870），19世纪英国批判现实主义小说家，作品深刻反映英国复杂的社会现实，尤其是社会底层"小人物"的生活遭遇。代表作包括《雾都孤儿》(*Oliver Twist*)、《双城记》(*A Tale of Two Cities*)、《远大前程》(*Great Expectations*)和《大卫·科波菲尔》(*David Copperfield*)，被誉为当时最伟大的作家之一。

17 托马斯·德·昆西（Thomas De Quincey，1785—1859），英国著名散文家和批评家，以其作品《一个英国瘾君子的自白》(*Confessions of an English Opium-Eater*)而闻名。

18 爱德华·吉本（Edward Gibbon，1737—1794），英国历史学家、议员，著有《罗马帝国衰亡史》(*The History of the Decline and Fall of the Roman Empire*)。

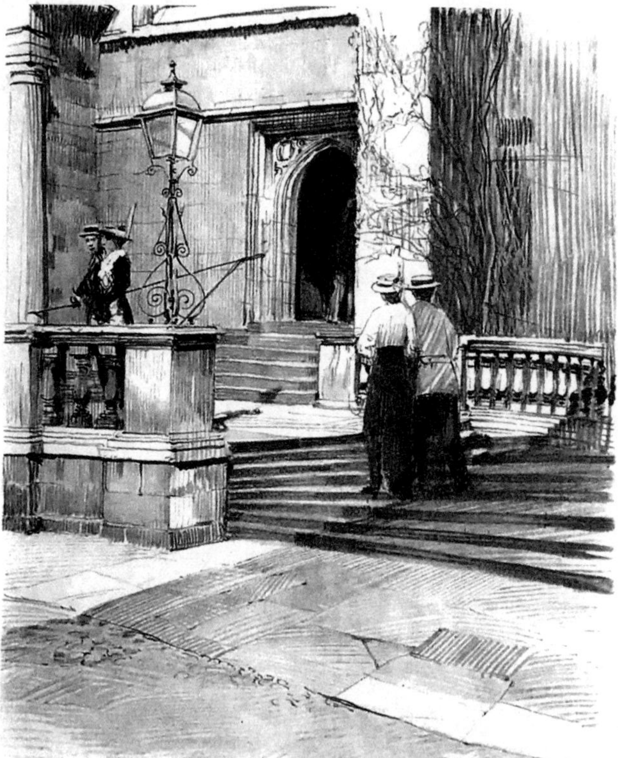

Chapter 5

握紧你手中的火把。你的首要任务，是照亮自己的灵魂，审视它的深刻与浅薄、虚荣与慷慨，明白你相貌的出众或平庸对自己有何意义。同时，你要弄清自己与这变幻莫测、旋转不息的世界之间的关系。

终于，我来到一排书架前，这里陈列着在世作者的作品，既有女性的，也有男性的。如今，这两种性别撰写的书几乎已经可以分庭抗礼了。当然，我这么说也许不全对，男性毕竟还是更健谈的性别。不过，女性确实已不再只写小说。书架上放着简·哈里森的希腊考古学著作，弗农·李[1]的美学专著，还有格特鲁德·贝尔[2]写波斯[3]的书，现在女作家的创作主题包罗万象，这都是上一代女性无法涉足的领域。这里有诗歌、戏剧、评论、历史、传记、游记、学术研究专著，甚至还有关于哲学、科学和经济学的几本书。尽管小说依旧是主流，但在与不同类型书籍的彼此影响中，它也面目一新。女性顺应自然天性写作的史诗时代，或许已一去不返，阅读和批评可能为她们带来了更广阔的视野、更细腻的洞察。她们书写不再只源于记述生活的冲动，而是脱离了单纯的自我表达，开始将写作视为一门艺术。从这些新小说里，我或许能找到解答这些问题的线索。

于是，我随手抽出了一本。它被放在书架的最末端，名字应该是《人生奇旅》之类的，今年十月刚刚出版，作者是玛丽·卡迈克尔。这似乎是她的第一本书，我自言自语，但我得把它当作一部长篇系列的最后一卷来读，就当它延续了我刚才翻阅过的作品——温奇尔西夫人的诗、阿芙拉·贝恩的戏剧，还有那四位伟大女小说家的名著。我们总习惯于分别评判每一本书，但它们之间其实存在着延续性。我还得将她——一位无名女性——视为刚才那些女作家的后裔。我概览过女作家们的境遇，现在要看看她从前人身上继承了哪些特质和局限。我叹了口气，因为小说常常是麻药而非解药，只能让人昏昏欲睡，难以使人斗志昂扬。我拿着笔记本和铅笔坐下，准备尽我所能，解读玛丽·卡迈克尔的第一部小说《人生奇旅》。

首先，我快速浏览了翻开的这一页。我对自己说，我得先掌握她使用的句式，而后的任务才是记住她笔下人物谁是蓝眼睛、谁是棕眼睛,并且弄清克洛伊和罗杰是什么关系。等我确定她手中握着的是笔还是镐,再琢磨细节也不迟。于是我试着朗读了一两句,很快察觉到某种异样。文字本应行云流水,但她写的东西让人读起来磕磕巴巴,有些地方扯得稀碎,有些地方遍布刮伤,总有刺眼的字词像火把一般在我眼前闪来闪去。她正在"释放"自己,就像过去的戏剧里说的一样。我心想,她就像个拼命划火柴的人,可那火柴是点不着的。我很想问一问,仿佛她就在我身边:简·奥斯丁式的表达,你为什么觉得不适用呢?难道因为爱玛和伍德豪斯先生[4]都已作古,她的句式就都得跟着陪葬了?唉,我叹了口气,事情大概就是这样。简·奥斯丁流畅的文字,就像莫扎特一气呵成的奏鸣曲乐章。而这本书读起来像置身于一叶扁舟,在惊涛骇浪中颠簸,忽而被巨浪抛到云端,忽而又重重跌向海面。这种缺乏细节和深度的简略表达,或许是由于她心怀恐惧,害怕被人扣上"多愁善感"的帽子,抑或她知道女性的文字常被说是"花里胡哨",所以刻意在其中插满荆条。不过,我得仔细读完整个故事,否则无法确定她是展露了真我,还是在扮演他人。不管怎样，我想，读她的书至少没让我感到糟心、沮丧，于是我读得更加专心了。可她未免堆砌了太多事实，这种篇幅的书用上其中一半就绰绰有余（它大约只有半本《简·爱》那么长）。然而，不知为什么，她把我们所有人——罗杰、克洛伊、奥利维娅、托尼和比格姆先生——都诓上了同一条独木舟，逆流涉险。且慢，我往椅背上一靠，说，在继续阅读之前，我得更仔细地思考整件事情。

我几乎可以肯定，我对自己说，玛丽·卡迈克尔在捉弄我们。这感觉就像坐在过山车上，本以为要俯冲了，车厢却又倏地向上攀升。玛丽正在颠覆我们习以为常的阅读顺序。一开始，她不仅破坏了既有的表达，又弄乱了叙事的顺序。很好，如果她觉得不破不立，那她完全有权这么做。至于她的目的到底是破还是立，我暂时还无法判断，得依她创造的情境而定。我会放手让她自主选择要创造什么，就算用破铜烂铁来构筑，我也绝不干预。但她必须让我相信，她自己是认同这一情境的。而且，当她构筑出这一情境后，就必须勇敢面对它，必须跃入其中。我打定了主意，只要她能善尽作者的责任,我作为读者也会对她负责。我翻了一页,继续读……很抱歉突然打断,我需要暂停一下。这里没有男人在场吧?你们能保证,查尔斯·拜伦爵士[5](Sir Henry Biron)没藏在那边的红色窗帘后边吧?你们能保证在座的全是女性吧?那我就可以说了。我当时读到的下一句是——"克洛伊喜欢奥利维娅……"先别慌,也别脸红。在自己人的小圈子里,让我们承认吧——有时的确有这种事情。有时,女人的确会喜欢女人。

"克洛伊喜欢奥利维娅。"读到这里,如轰雷掣电般,我意识到:此处正发生一场革命。克洛伊喜欢奥利维娅,或许是文学史上破天荒第一遭。克莉奥佩特拉并不喜欢屋大维娅[6](Octavia)。要是她喜欢的话,《安东尼与克莉奥佩特拉》这剧就会面目全非。事实上,我恐怕要先把思绪暂且从《人生奇旅》里拉出来,我想,恐怕这件事情被处理得流于刻板、失去了血肉,我甚至想说,简直是荒谬。克莉奥佩特拉对屋大维娅唯一的感情就是妒忌。她比我高吗?她是怎么打理头发的?这出戏或许只需要这种程度的情感,但如果这两个女性角色间的关系再复杂一些,该多有意思啊。女性角色间的一切关系,我飞快地回顾着灿烂文学史上一连串的女性形象,都太过苍白了。作家们对太多东西视而不见,只字不提。我竭力回忆着自己读到过的女性角色,有没有任何两个被写成一对友人。《十字路口的黛安娜》(*Diana of the Crossways*)在这方面有过尝试。当然,在拉辛[7]与古希腊悲剧作家笔下,她们会被塑造成知己,有时候是母亲或女儿,但她们之间的关系都以她们与男性的关系为背景,几乎无一例外。想想看,在简·奥斯丁之前的文学作品中,一切伟大的女性形象不仅只能通过男性的眼睛看到,还只在她们与男性的关系中才得以显现,这难道不奇怪吗?这不过是女性人生中的一星半点儿,而当男性戴上性别赋予的有色眼镜(无论丑化还是美化)对此进行观察,所见的更是沧海一粟。或许正因为如此,小说的女性形象才会显得如此特殊:她的美足以倾国倾城,丑又令人毛骨悚然;她在天使般善良与恶魔般邪恶之间来回摆荡——在恋人眼中,当爱盛放,她就光芒万丈,而当爱凋零,她就隐没于暗影。当然,19世纪的小说家笔下的世界不是这样的，他们创造的女性形象更多样，也更复杂。也许可以这么说，男作家正是因为渴望描写女性，才逐渐放弃了满是暴力冲突的诗剧，因为女性在这类作品中很难有什么位置。他们另辟蹊径，设计了小说这一更合适的载体。即便如此，即使在普鲁斯特的文字中，我们也能很明显地看出，男性对女性的认识仍然极为片面和局限，正如女性对男性的认识一样。

此外，我的目光再次落在书页上，渐渐意识到，除了绕着家庭琐事打转，女性也像男性一样展现了更多的兴趣与追求。"克洛伊喜欢奥利维娅。她们共用一个实验室……"我继续往下读，发现二位年轻女士的工作是绞碎肝脏，这似乎是一种治恶性贫血的法子；尽管其中一位已婚，而且——我想自己没说错——有两个小孩。而现在，所有稍微复杂的经历都不得不被省略，小说中原本精彩的女性形象也因此变得单调乏味。举例来说，假设在文学中，男性只被描绘成女性的情人，而从来不是男性的友人、不是战士、不是思考者、不是梦想家，那么莎士比亚的戏剧中还剩多少角色能分给他们？文学的损失将何其惨重！或许奥赛罗的戏份大体能够保留，安东尼的相关情节也能幸存，但我们将不再有恺撒，不再有布鲁图斯[8]，不再有哈姆雷特、李尔王甚至杰奎斯[9]——文学会陷入难以置信的贫瘠中，实际上，正因为将女性拒之门外，文学的匮乏早已远超我们的想象。她们被迫缔结婚姻，被禁锢在房间里，终身做着一样事情，剧作家即使想完整呈现她们的面貌、进行生动有趣的描写，又怎么做得到？在这种情况下，唯有通过爱情对她们做出诠释，诗人因此不得不让笔尖浸透了激情或怨恨。除非他选择"憎恨女性"，但这种仇视往往意味着他得不到女性的青睐。

现在，如果克洛伊喜欢奥利维娅，二人还在同一个实验室工作，那她们的关系就超越了私人范畴，情谊将不再单调和短暂。如果玛丽·卡迈克尔确实懂得写作，我也逐渐开始欣赏她风格中的某些优点；如果她有个属于自己的房间，尽管我不太确定；如果她每年能有五百英镑收入——这一点也有待证实——那么我认为，这意味着某些重要的事情已发生。

毕竟，如果克洛伊喜欢奥利维娅，而玛丽·卡迈克尔若能妥善传达这种情感，那她相当于在那人迹罕至的巨大洞窟里燃起火把。在那蜿蜒曲折的洞穴中，过去人们手持蜡烛，在半明半暗的深邃阴影中摸索，始终无法确认自己身在何处。我读下去：克洛伊看着奥利维娅把一个罐子放到架子上，然后说她该回家看孩子了。我惊叫出声：这一幕，自打创世以来就无人见过！我怀着一探究竟的心情接着读，因为我想看看玛丽·卡迈克尔如何捕捉那些从未有人记录的举动，还有那些要么没说出口，要么没能说完的话。它们比天花板上飞蛾的影子还要模糊，只在女性独处、不受男性变幻莫测的目光干扰时，才会显现出来。我继续读着，她如果想做到这一点，就必须屏气凝神、小心翼翼，因为女性对任何看不出意图的关注都非常敏感，她们经历了长期的遮掩与压抑，只要察觉到观察的目光，就会立即避开。要做到这一点，你唯一的办法，就像玛丽·卡迈克尔在我身边一样，你需要一边说着别的话题，一边目不转睛地盯着窗外，接着不是用笔记本和铅笔，而是用最短的符号，甚至尚未成形的词语来记录,当奥利维娅——这个在岩石阴影下蛰伏了数百万年的生命——感受到光线的照射,并发现陌生事物——知识、冒险、艺术——向自己靠近时,会发生什么。我再次抬头思索,她将会伸手抓住这些新奇之物,并且必须设计一种全新的技能组合。她的能力原本都为其他目的而发展起来,现在她得让新事物融入旧生活,又绝不能打破那复杂精妙的平衡。

哎呀,我做了件本来要决心避免的事情——不自觉就开始颂扬自己的性别了。"高度发达""无限复杂",这些毋庸置疑都是溢美之词。赞美自己的性别往往难以取信于人,还容易显得愚蠢。况且,我要怎么证明自己说得没错呢?我总不能对着一张地图说,哥伦布发现了美洲,哥伦布是女性;或者拿起一个苹果说,牛顿发现了万有引力定律,而牛顿是女性;或者仰望天空说,飞机从我们头顶掠过,飞机是女性发明的。墙上没有任何标记能测量女性达到了何等高度。没有一把精确到英寸的尺子,能衡量好母亲的品质、好女儿的奉献、好姐妹的忠诚、好管家的才干。即使是现在,能在大学里取得成绩的女性依然寥若晨星。而军队、贸易、政治和外交等各行各业的重要岗位的考验，也几乎与她们无关。她们的能力至今未曾得到妥善评估。但是，如果我想了解霍利·巴茨爵士的一切信息，只需翻阅《伯克贵族名谱》[10]或《德倍礼贵族与公爵》[11]，就可以了解他获得了什么学位、名下的宅邸、继承人的姓名，以及他曾任某个委员会的秘书、曾代表英国驻加拿大，还获得了若干学位、职务、勋章和别的荣誉，他的丰功伟绩与他本人紧密相连。可以说，如此详细的记载，恐怕只有上帝能了解更多了。

而当我说女性"高度发达""无限复杂"时，我无法在《惠特克年鉴》《德布雷特名人录》或者大学年鉴里找到任何证据。我该如何解决这种困境？我又看了看书架上的人物传记：约翰逊、歌德、卡莱尔、斯特恩、库珀[12]、雪莱[13]、伏尔泰（Voltaire）、勃朗宁，不一而足。我想到那些男性伟人，他们出于各种原因，曾钦慕、追求异性，并与她们共同生活、互诉衷肠、翻云覆雨；他们书写异性、信任异性，甚至对她们表现出不可否认的需求与依赖。我不能断言这些关系都纯然是柏拉图式的，我想威廉爵士[14]大概也会对此矢口否认。但如果我们坚持认为,这些杰出男性从这些关系中获得的只是安慰、奉承和肉体愉悦,那可真是太冤枉他们了。显而易见,他们获得了某些同性无法给予的东西。或许,我不妨说得更直白些,无须引用诗人华丽浮夸的辞藻,这种东西是刺激,是创造力的复苏,是唯有异性才能赋予的力量。我想,当他们推开起居室或育儿室的门,可能会发现她正被孩子们团团围绕,也许膝盖上摆着绣花绷子——总之,她是与他截然不同的生活秩序和体系的中心,这个世界与他的世界(可能是法庭或下议院)之间的巨大反差会立即让他精神一振,仿佛清新的空气灌入了肺腑。即使最平淡无奇的对话,也会自然而然地产生不同的观点,使他干涸的思想重获滋养。她在完全不同的领域当中的创造力能激发他的灵感,让他在不知不觉中重新布局谋篇,那些曾经缺失的词句、场景,又开始悄然浮现——在他戴上帽子拜访她之前,这一切都尚未萌芽。每一位约翰逊都有他的史雷尔夫人,并且由于此类原因而决不肯与之分开。史雷尔嫁给她来自意大利的音乐老师时,约翰逊博士疾首蹙额、怒火中烧,几乎要发狂。这不仅因为他将要失去斯特雷特姆[15]那些温存的夜晚，更因为他的生命之光"行将熄灭"。

即便我们不是约翰逊、歌德、卡莱尔或伏尔泰这样的大人物，也能站在他们的立场上，体会女性身上特殊的复杂性和高度发达的创造力。当我们走进一个房间——现有的英语词汇似乎难以胜任对这一刻的描述，或许需要一整套新词，像突如其来的闪电划破长空，方能让女性准确表达她走进房间时的体会。而房间与房间也截然不同：有的平静如水，有的雷声隆隆；有的面向大海，有的朝向监狱里的院子；有的房间晾满了衣物，有的则闪耀着宝石与丝绸的光辉；有的坚硬如马鬃，有的轻柔如羽毛……随便走进哪条街上的哪个房间，那股极其复杂、源于女性的创造力都会扑面而来。难道还有别的可能吗？千百万年来，女性一直待在房间里，如今她们的创造力已浸透房间四壁，砖石、砂浆难承其重。这股无可抑制的力量，必须借由文字与绘画大放异彩，到商业与政治领域崭露锋芒。这种创造力与男性有着显著的不同，我们得承认，倘若它被压抑或浪费，那将万分可惜。它历经数百年最严苛的磨炼方才铸就,世间无二。要是女性像男性一样写作、生活,甚至装扮与男性无异,那也同样万分可惜。世界如此广袤多样,两个性别尚且无法妥善应对,何况只剩其中一个?教育不是该彰显差异,而非一味求同吗?我们早已拥有太多的共性,如果有探险家凯旋时告诉我们,另一个性别的人正透过不同的树木枝叶仰望另一片天空,那将是对人类莫大的贡献。顺便一提,观赏X教授忙不迭掏出他的测量杆,要证明自己才是"更优秀的",就是另一番乐趣了。

我将书页稍微推开了些,心想,光是身为观察者,玛丽·卡迈克尔的任务就够繁重的了。我确实担心她会被诱惑成自然主义小说家,而不是沉思派——我认为前者比较无趣,毕竟世上还有无数新奇的事实等她去观察呢。她的活动范围无须再局限于中上阶层的体面住宅,她不是出于同情,也不是高高在上,而是怀着友爱之心走进那些散发芬芳的小小房间,那里坐着娼妓、交际花和带着哈巴狗的贵妇,她们依然穿着男作家硬披在身上的粗糙成衣。而玛丽·卡迈克尔会抄起剪刀,动手裁剪,把衣服改得与她们周身每寸曲线完美贴合。她们的真实面貌绝对值得一看，但我们得稍等片刻，因为玛丽·卡迈克尔面对"罪恶"时的自我意识拖慢了她的动作，这种束缚正是性别野蛮时代的遗毒，她还没能摆脱陈腐而粗劣的阶级脚镣。

不过，大多数妇女既非娼妓，也非交际花，亦不会整个夏日午后都搂着哈巴狗坐在落满灰的天鹅绒上。那她们会做什么呢？河岸以南的一条长街浮现在我脑中，鳞次栉比的房屋里住着无数居民。我任想象驰骋，看见一位迟暮老妇正被身旁的中年妇女（大概是她女儿）搀着过马路。她们打扮得体面，靴子和皮草搭配得无可挑剔，如此着装，仿佛是午后的某种例行仪式。待到夏季来临，这些衣物又会被小心地收进散发着樟脑味的衣柜，她们在华灯初上时穿过马路（因为黄昏是她们最中意的时刻），年复一年。老妇人已年近八旬。如果有人问她，这一辈子对她来说意味着什么，她会说自己记得巴拉克拉瓦战役[16]时灯火通明的街道，或是海德公园里纪念爱德华七世诞生的礼炮声。但如果有人锁定某个确切的日期或季节，追问她：1868年4月5日或1875年11月2日，您做了什么？她会一脸茫然地说,自己什么都不记得了。因为她这辈子都在做晚餐、洗净杯碟、送孩子们去学校,最后目送他们走向社会,什么也没有留下,一切都消失无痕。传记或历史对她的人生未做任何记载,小说即使没有恶意,也难免有所虚构。

这些沉默着的人生都有待记录啊,我对仿佛在我身边的玛丽·卡迈克尔说。我在想象中继续穿行于伦敦街头,感受着长年累月被忽视的普通人生,它们无言地向我施压:无论是街角叉腰而立的妇女——戒指深深嵌入她们肥胖的手指,她们口沫横飞、手势飞扬,架势如莎士比亚的文字般淋漓挥洒;还是徘徊在门廊下讨生活的紫罗兰花贩、火柴小贩、干瘪的老妇人;又或是居无定所的少女,她们的面庞如日光云影下阴晴不定的波浪,预示着人群的往来、商店橱窗中闪烁的灯光。这一切都是你探索的对象,我告诉玛丽·卡迈克尔,握紧你手中的火把。你的首要任务,是照亮自己的灵魂,审视它的深刻与浅薄、虚荣与慷慨,明白你相貌的出众或平庸对自己有何意义。同时,你要弄清自己与这变幻莫测、旋转不息的世界之间的关系——在那世界中，手套、鞋履与五花八门的物件在若有似无的香气中上下摇曳，这缕从调香师的瓶中逸出的幽香，弥漫在人造大理石地板上，长廊两侧布满了服饰。我在想象中走进了一家商店，店里铺着黑白相间的地砖，挂着五彩斑斓的丝带，美不胜收。我想，玛丽·卡迈克尔路过时也会回头看一看，因为这景象宛如安第斯山脉的雪峰或峡谷，颇有被笔墨描绘的价值。柜台后面站着另一个女孩——比起第一百五十本拿破仑传记、第七十篇关于济慈的论文，或是教授老Z和他的同侪写的关于弥尔顿倒装句使用的文章，我宁愿倾听她经历的真实的人生故事。然后我小心翼翼地蹑足前进（其实我胆小得很，十分害怕那些曾经差点儿落在我身上的鞭挞），压低声音说，她也应该学会平和地看待异性的虚荣心——不如称之为异性的特色好了，这个词比较不会冒犯人。每个人的后脑勺上都有一块自己永远无法看见的地方，有一先令硬币那么大。两个性别的人可以为对方做出的贡献之一，就是帮其描述后脑勺上的这一盲区。想一想，尤维纳利斯[17]的言论与斯特林堡[18]的批评让多少女性受益匪浅，再想想，从古至今，男性总是替女性揭示她们脑后那片盲区的状态，这是何等的睿智与仁慈！如果玛丽是个勇敢的实在人，就会走到男性背后告诉我们，她在那儿发现了什么。只有女性说出这一先令大小盲区的样子，我们才能勾勒出男性形象的全貌，伍德豪斯先生和卡苏朋先生[19]（Casaubon）就是这盲区的好例子。当然，任何头脑正常的人都不会撺掇她故意去嘲弄或者讥讽他们——文学史已经证明，存着这种心思写出来的都不是什么好书。但我可以说，坚持实事求是，结果一定非常有趣，喜剧作品必将得到极大丰富，人们也将发掘出越来越多的新事实。

我们是时候把目光重新投向书页了。与其猜测玛丽·卡迈克尔会写什么、该写什么，不如看看她实际写了什么。我又继续往下读。我想起自己曾经对她心存芥蒂，因为她破坏了简·奥斯丁式的表达，这让我失去了为自己无懈可击的品位和敏感挑剔的耳朵扬扬自得的机会。我不得不承认她们之间毫无相似之处，所以"对，你写得不错，但简·奥斯丁比你更好"这种话，也就失去了意义。而且，她还破坏了读者对叙事顺序的预期。或许她并非有意为之，只是依照事物发展的自然规律进行叙事，这或许正是女性以女性方式写作的特点。然而效果让人摸不着头脑，读者既看不到高潮的迹象，也无法察觉逼近的危机，所以我也没法得意于自己深刻的情感理解和精准的人性洞察。每当我试图在读到爱情与死亡这类常见主题时体会某种熟悉的情感，这个恼人的家伙就会把我拽走，仿佛真正的重点还在前方不远处。她弄得我没法再口吐莲花，讲出"基本情感""人类共同经验""人心深处"等一大串响亮的词句。这些浮华的辞藻原本意在使我们相信，自己看似油腔滑调，心底深处却庄重、博雅而仁厚。但实际上，她让我觉得，与其说我们庄重、博雅、仁厚，倒不如说我们只是懒于思考、墨守成规，这种认识可比从前那种自我肯定要乏味多了。

我继续读着，发现了更多的事实。很显然，她资质平平，没有伟大前辈温奇尔西夫人、夏洛蒂·勃朗特、艾米莉·勃朗特、简·奥斯丁和乔治·艾略特对自然的热爱，没有她们那般炽热的想象、盛放的诗意，不如她们那样才思敏捷、通幽洞微；她也无法写出多萝西·奥斯本那样音韵和谐、庄重典雅的文字——事实上,她只不过是个有点儿小聪明的女孩,她写的这本书,过十年肯定会被出版商化浆销毁。

尽管如此,她还是拥有一些优势,而半个世纪前的女性,即使比她天赋更高,也无法拥有这些。男人对她来说不再是"反对阵营";她不必再浪费时间抨击他们;她不必再爬上屋顶,渴望旅行、体验、了解世界和人性,不必因为这些被剥夺而毁掉自己的心境。恐惧和憎恨几乎已经消失,只有当她面对自由表现出稍显夸张的欢欣时,才会显露微弱的痕迹。对异性,她更倾向于讽刺挖苦,而非柔情缱绻。毫无疑问,作为小说家,她拥有一些与生俱来的高等优势。她拥有宽广的感知力,热切而自由,能对微不可察的触碰产生反应,就像一棵新生植物,贪婪地享受着映入眼帘的一切景象、响彻耳畔的每种声音——它敏锐而好奇地穿梭于那些几乎无人知晓或未被记录的事物中;它关注事物的细枝末节,并证明它们可能并不那么渺小。它让蒙尘的事物重见天日,催人思考当初为什么要将它们封存。尽管她还很不熟练,也没有世代相传、从骨子里透出来的优雅风范——这种风范使萨克雷或兰姆笔尖微微一动就能写出悦人耳目的文字——但我开始认为,她已经掌握了重要的第一课;她以女性身份写作,却仿佛忘却了自己的性别,字句中蕴含着唯有摆脱性别身份的束缚时才会展现的独特气质。

一切都在向好的方向发展,但如果她不能从速朽且个人化的事物中建起坚固的楼宇,那么再丰富的感觉、再细腻的感知都无济于事。我说过自己会等她遇到特定的"情境"再下判断。我的意思是,要等到她在写作中运用唤起、引导与整合的笔法,好证明自己并非流于表面,而是进行了深入的挖掘。现在是时候了。在某一瞬间,她会告诉自己,无须大动干戈,我就能平和地展现一切真谛。她会开始——如此活力十足——唤起和引导那些一度被遗忘,或在其他章节当中显得微不足道的细节。她尽己所能,把它们展现得如同缝衣服或抽烟那样自然。跟随她的书写,我们仿佛登上世界之巅,俯瞰一切宏伟的景象在脚下铺开。

无论怎么说,她正在努力。我注视着她接受考验,我看到——但希望她没看到——那些主教和学监、医生和教授、长老和训导者,都朝她放声大喊,要么警告,要么建议:你不能做这个,你不该做那个!只有院士和学者可以在草坪上走动!没有介绍信的女士禁止入内!胸怀大志的优雅女小说家请走这边!他们像赛马场围栏前的那群观众般紧盯着她,而她的任务是不东张西望,专心跨越眼前的障碍。我对她说,如果你停下来骂人,你就输了。停下来发笑也会让你功亏一篑。迟疑和失误都会让你失败。只管跳!我恳求她,就好像把全副身家都押在她身上似的。她像轻盈的鸟儿般一跃而过。可是,一道栅栏之外还有另一道栅栏,新的栅栏之外还有更新的栅栏。我不免怀疑她能不能坚持到底,因为鼓掌和喊叫都在动摇她的神经。但她已经尽了全力。鉴于玛丽·卡迈克尔并非天才,而是在卧室兼起居室里完成出道小说的无名女孩,没有令人艳羡的时间、金钱与闲暇,我想,她已经做得不错了。

人们的鼻子与裸露的肩膀在星空下清晰可见,因为有人拉开了起居室窗帘——再给她一百年,我读到了最后一章,得出结论——给她一间属于自己的房间和每年五百英镑收入,让她表达自己的思想,取舍笔下的内容,总有一天,她会写出一本更好的书。

再过一百年,她会成为一位诗人。说着,我把玛丽·卡迈克尔的《人生奇旅》放回了书架最后一格。

尾注

1 弗农·李（Vernon Lee），英国作家紫罗兰·佩吉特（Violet Paget）的化名，因为超自然小说和美学作品而闻名。

2 格特鲁德·贝尔（Gertrude Bell，1868—1926），英国作家、探险家、考古学家与政府行政官员，被誉为英国第一女外交家。她是牛津历史上第一个获得一等学位的女性，也是动作游戏《古墓丽影》女主角劳拉的原型。

3 "波斯"即古代波斯帝国，但在20世纪初，"波斯"仍然是一个被广泛使用的地理和文化术语，指代现代伊朗及其文化和历史遗产。格特鲁德对中东地区，尤其是现代伊拉克和伊朗的历史、文化和政治有深入的研究，因此这里指的是她撰写的伊朗及古代伊朗历史文化的著作。

4 《爱玛》中的人物，女主人公爱玛的父亲。

5 英国律师，曾任伦敦警察法庭首席治安法官。他曾主持审判女作家拉德克利夫·霍尔［Radclyffe Hall，1880—1943，本名玛格丽特·拉德克利夫-霍尔（Marguerite Radclyffe-Hall）］的著名女同性恋小说《孤寂深渊》(*The Well of Loneliness*)，将其判为"淫秽作品"并封禁。

6 《安东尼与克莉奥佩特拉》中，安东尼的妻子。

7 让-巴蒂斯特·拉辛（Jean-Baptiste Racine，1639—1699），法国剧作家，被认为是17世纪最伟大的法国剧作家之一。拉辛的戏剧创作以悲剧为主，作品被称为古典主义戏剧代表，继承了古希腊悲剧传统，有四部悲剧作品改写自欧里庇得斯。他的代表作有《昂朵马格》(*Andromaque*)、《费德尔》(*Phèdre*)等。

8 布鲁图斯（Marcus Junius Brutus Caepio，前85—前42），又译布鲁图、布鲁特斯，晚期罗马共和国元老院议员，组织并参与了对恺撒的谋杀。

9 莎士比亚《皆大欢喜》中的角色。

10 《伯克贵族名谱》(*Burke's Peerage*)，由约翰·伯克（John Burke）编撰，书中列举了英国世袭贵族和准男爵的姓名。1826年首版后定期更新再版。

11 《德倍礼贵族与公爵》(*Debrett's Peerage and Baronetage*)是一部详尽记录英国贵族体系的权威年鉴，由约翰·德倍礼（John Debrett）在1769年首次出版，它列出了贵族的头衔和家族历史，记述上流社会的生活方式，被誉为了解英国权贵阶层的指南读本。

12 威廉·库珀（William Cowper，1731—1800），又译威廉·考珀、威廉·柯珀，英国18世纪诗人，被评价为浪漫主义诗歌的先行者之一，备受柯勒律治与华兹华斯的赞誉。

13 珀西·比希·雪莱（Percy Bysshe Shelley，1792—1822），英国浪漫主义诗人。代表作有《西风颂》(*Ode to the West Wind*)、《解放了的普罗米修斯》(*Prometheus Unbound*)等。

14 威廉爵士，即威廉·乔因森-希克斯爵士（Sir William Joynson-Hicks，1865—1932），于1924年至1929年，也就是伍尔夫撰文当时，任英国内政大臣。

15 斯特雷特姆（Streatham），英国伦敦南部地区，约翰逊博士常在此居住，也是在此认识了史雷尔夫人。

16 巴拉克拉瓦战役（Battle of Balaclava）是1854年10月25日发生在克里米亚战争期间的一场著名战斗，对战双方是英法联军与俄罗斯帝国军队。英军轻骑兵旅的冲锋行动由于指挥失误出现了重大伤亡，该战役因悲剧色彩而在军事史上留名。

17 尤维纳利斯（Juvenal），生活于1—2世纪的古罗马诗人，流传下来的讽刺诗作揭露了罗马帝国的暴政和富贵阶层的腐化生活。

18 奥古斯特·斯特林堡（August Strindberg，1849—1912），瑞典作家，瑞典现代文学的奠基人，被誉为"瑞典国宝"。

19 乔治·艾略特《米德尔马契》(*Middlemarch*)中女主人公多萝西娅的丈夫。

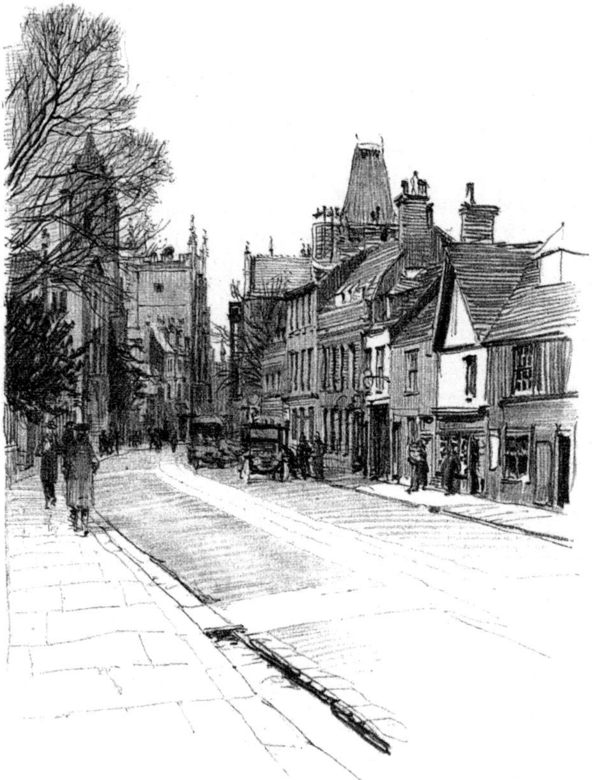

Chapter 6

因此,我请你们去挣钱、去争取自己的房间,实际上就是要求你们活在现实之中。无论我们能不能将它妥善表达,我们都要活得饱满而蓬勃。

次日一早，十月的晨光透过没拉帘子的窗户洒进屋里，尘埃在光柱中飘舞，街上的车声开始响起。伦敦开始了新一轮的忙碌，工厂苏醒了，机器再次轰鸣。读了这么多书之后，窗外的世界似乎在召唤我：看看1928年10月26日早晨的伦敦，看它在忙什么。那么，伦敦究竟在忙些什么呢？似乎没人在读《安东尼与克莉奥佩特拉》，伦敦对莎士比亚的伟大剧作没有一点儿兴趣。没有人在意小说的未来，人们对诗歌的消亡无动于衷，也不关心普通女性如何通过散文风格来完整地表达思想——我并不责怪他们。如果这些议题被人用粉笔写在人行道上，恐怕也不会有人驻足阅读。只消半个小时，这些字迹就会被匆忙经过的鞋底蹭得一干二净。这儿来了个跑腿的男孩，那儿来了个牵着狗的妇女。伦敦街头的魅力在于人人各不相同，人人都在为自己的事情忙碌。办事利落的人提着小包，步履匆匆；流浪汉用棍子敲得护栏哐哐作响；还有些热情随和的人把街道当成了俱乐部，招呼着马车里的乘客，不问自答地奉上诸般资讯。送葬的队伍经过，路人们蓦然意识到自己有一天也将长眠，纷纷脱帽致敬。一位器宇不凡的绅士徐徐走下门阶，停了一下，免得与一位风风火火的女士撞个满怀——女士身穿华丽的皮草，捧了一束帕尔马紫罗兰，不知是用什么办法弄到手的。所有人看起来都埋首于各自的世界，专注于手头事务，与他人毫无往来。

就在此时，伦敦常有的景象发生了。交通忽然停滞，街道一片静默，没有人来，也没有车往。街道尽头，一片法国梧桐树叶悄然脱落，在停滞的空气中缓缓下坠。不知怎的，这落叶就像是种信号，指向一股被忽略的力量，指向一条无形的河流，河水流过街角，顺着街道蜿蜒，裹挟人们前行，就像牛桥校园里的那条河带走载着大学生的小舟与飘零的落叶。此刻，它带来了一个脚蹬漆皮靴的姑娘，斜穿过街道；接着是个身穿栗色大衣的年轻男子；然后又来了一辆出租车。三者相遇在我的窗前——出租车停了，姑娘和小伙子也站定。他们钻进车里,然后出租车就像被水流卷走似的,轻盈地滑走了。

这番场景原本再平常不过,奇怪的是,我的想象为它添上了韵律感。两个普通人乘上同一辆出租车,如此普通的情景竟让观者感到心满意足。我目送出租车转弯离去,看见二人在街角相会,我心头莫名的紧绷仿佛也得以释放。或许,像我这两天那样刻意将男女分开来思考,是种劳心费力的精神负担,它干扰了心智的统一。看到二人相遇,一同上车,我的负担烟消云散,思想也重获统一。心智真是神秘莫测,我把头从窗外收回来,心里琢磨着——尽管我们无比倚仗它的能力,却对它一无所知。为什么我总觉得自己的意识无法达到和谐统一,就像肉体总因显而易见的原因受创一样?所谓"心智的统一"究竟是什么呢?我陷入了思索,显然,心智拥有强大的专注力,能随时凝神于任何事物,以至于它仿佛从未处于某种固定的状态。譬如,它能将自己从街上的人群当中剥离出来,站在楼上的窗口俯瞰,感到它们与己无关;它又能自然而然地与周围的人一道思考和感受,譬如,站在拥挤的人群中等待宣读某条消息;它还能穿越时空，通过祖先的记忆追溯过去，就像我此前说过的那样，女性写作时往往会借助母系长辈的经验进行思考。同样地，女性时常会惊讶于自我意识的突然分裂。只不过沿着白厅街走走，她就能在瞬间从某种文明的自然继承者变成秉持相反价值观的局外人，成为格格不入的批判者。显然，心智持续调节着焦点，使世界呈现出不同的面貌。但这些心境中有一部分令人不那么自在，哪怕它们是自发形成的。为了维持这些心境，人们常常会无意识地压抑内心的某些部分，而这种压抑渐渐积重难返，成为负担。或许也存在一种让我们能毫不费力置身其中的心境，因为我们不需要压抑什么。

也许，我从窗边走回屋里，想道，我刚才透过窗户看见的那一幕正是其中之一。目睹那一男一女搭上出租车后，我的心智确实像在分崩离析之后又自然而然地重归一体。原因不难理解：两性协同行动本就是天经地义的。尽管并非理性，但我们心底存在一种根深蒂固的直觉——男女结合，才能实现最极致的幸福与满足。看到这一幕令我体会到的满足感，使我不禁自问：我们心智中是否也存在着与生理性别相对应的两种性别？如果要达到这种无上的幸福与满足，它们是否也应该和衷共济？我继续勾勒着灵魂的草图，推想着，我们所有人心中都蕴含着两股力量，一股是男性化的，一股是女性化的；男性的心智中，男性力量居于主导地位，而女性的心智中，女性力量占了上风。最舒适正常的状态，是两股力量彼此和谐共处、勠力同心之时。即使身为男性，他心中的女性气质也会发挥作用；女性也难以摆脱内在男性气质的影响。柯勒律治（Coleridge）曾说"伟大的头脑雌雄同体"，可能就是这个意思。只有如此融合，心智才能获得充分滋养，发挥全部潜力。也许纯粹男性化与纯粹女性化的心境都无法进行创作。不过我最好先稍做停顿，找几本书读一读，好检验一下我刚才提出的"男中有女"和"女中有男"的观点是否成立。

柯勒律治说"伟大的头脑雌雄同体"，当然不是指这类头脑会特别关切女性、致力于为女性发声，或是专注于对女性的解读。相较于单一性别的头脑，雌雄同体的头脑或许更能够跨越性别的藩篱。柯勒律治或许在说，这样的头脑更开放，心弦也更容易被人拨动，情感的流动通达无阻；它天然拥有别出机杼的才能，激情洋溢，浑然一体。如果要找个例子，莎士比亚的心智可以说是这类心智的典型，虽然我们很难知道他的女性观。如果说完全成熟的心智不会刻意关注性别，但现在想要到达这种境界，要比以往任何时候都难。我在这些在世作家的著作前停下脚步，陷入沉思。难道这就是我长久以来困惑的根源？当代社会对性别问题的关注，可谓史无前例，大英博物馆里无数男作者所写的关于女性的书就是明证。性别意识的强化离不开妇女参政权运动的推波助澜，它一定激起了男人们非同寻常的自我主张欲，使他们格外强调自身性别及其特征。

若非遭遇挑战，他们绝不会在这些问题上花费半点儿心思。面对这种挑战，即使对方不过是几位头戴黑帽的女性，他们也会一惊一乍，毕竟这种情况是前所未有的。这或许能够解释我在此发现的某些人的特征，于是伸手拿起一本A先生新出版的小说，他正值当打之年，显然备受评论家们推崇。我翻开了它。再次读到男性的作品确实很享受，比起我刚才读的那些女作家的书，这本书开门见山、直抒胸臆，体现出心智的自由、人格的自主，以及作者的自信。拥有从未经历任何挫折与反对、受过良好教育、自由健康的心智，是一件多么幸福的事情，他一降临到这个世界，就被赋予了完全的自由，能够顺着自己的心意成长。这实在太令人羡慕了。但我刚读了一两章，就看到书页上似乎横亘着一道阴影。那是条笔直的黑线，形状酷似大写字母"I"（我）。我伸头探脑，想一窥它背后的风景。那到底是一棵树呢，还是一位走在路上的女子？我看不太清楚。但我的目光总会被拽回到这个"I"上面。渐渐地，我开始对"I"感到厌烦。虽然"I"确实极为体面，它言行一致、头脑清晰、铁骨铮铮，经历了几个世纪良好的教育与精心的滋养，被打磨得光彩照人。我由衷敬爱它。但——我又翻了几页，继续寻找——这是最糟的情况，在"I"的阴影笼罩下，一切都如薄雾般模糊不成形。那是一棵树吗？不，那是个女人。但……她看着像是没有骨架似的，我一边想，一边望着菲比（她的名字）穿过海滩。然后，艾伦站了起来，他的影子立刻遮住了菲比。因为艾伦有主见，菲比被他观点的洪流淹没了。艾伦，我想，他是激情洋溢的；我迅速往后翻着书，感觉关键时刻就要来了,事实也果真如此。那件事情就发生在光天化日下的海滩上,毫无掩饰、激烈至极。再也没有比这更不堪入目的了。可是……我已经说了太多次"可是",不能永远停在"可是"上。我责备自己,得想办法把这句话说完才行。该这么说吗:"可是——我看烦了!"

然而,我的厌烦从何而来?一方面,是由于"I"的主宰地位,它像一棵巨大的山毛榉树般投下阴影,阴影笼罩下的土地干旱至极、寸草不生。而另一方面,还有些更难以言明的因素。A先生头脑中似乎存在某种障碍物,让创造力无法自如流淌,被限制在很小的范围之内。我回想起牛桥的那次午餐会,弹出窗外的烟灰、出现在庭院里的马恩岛猫、丁尼生和克里斯蒂娜·罗塞蒂搅在一起,而那障碍似乎就在其中。菲比穿过海滩时,艾伦不再低声哼唱"一颗璀璨的泪珠滚落,来自门口的西番莲"。而当艾伦靠近,菲比也不再回以"我心犹如鸟儿啭鸣,河畔枝头筑巢安居"。那艾伦还能怎么办呢?他像白昼一样光明磊落,也像太阳一样无懈可击,因此他只有一件事情可做。说句公道话,他确实一而再、再而三(我边说边翻书页)地做了一遍又一遍。我意识到他这番自白背后可怕的真相,而且颇为无趣。莎士比亚的狎昵之词能唤起人们心中的千万种联想,但一定不是无趣的。莎士比亚写这种东西是为了取乐,而A先生,如保姆们所言,是蓄意为之,他的目的是抗议。他主张自己性别的优越,以抗议异性获得的平等,他的思维正是因此而受阻,变得拘谨而自我。要是莎士比亚也认识克拉夫[1]小姐和戴维斯小姐,恐怕也会变成这样。如果女权运动始于16世纪而非19世纪,伊丽莎白时代的文学无疑会是另一番模样。

如果我关于心智两性化的理论能够站得住脚,那就意味着,男子气概已融入男性的自我意识——换句话说,男作家写作时,只使用他们心智中男性的那一部分。女性阅读这类书籍纯属错误,因为她们免不了想在书里找些根本找不到的东西,这种行为无异于水中捞月。我认为,这书里最欠缺的就是让心海泛起涟漪的能力。我捧着评论家B先生的著作,仔细而虔诚地读着他对诗歌艺术的见解。他的评论确实很有才华,洞察深刻,显出他的博学多闻。但问题在于他的情感有传无达。他的心智似乎被隔离在一个个小房间里，互不相通。因此，如果人们将 B 先生的一句话放进脑海，这句话就会重重地倒在地上，了无生气。而当人们记住的是柯勒律治的某个句子，那句话则会引爆思想的浪潮，引人生出更多新鲜的念头，这才是真正掌握了永生秘诀的写作。

不管原因是什么，这一事实都令人痛心不已。因为这意味着——此时我已经走到摆满高尔斯华绥先生和吉卜林先生著作的书架旁——这些最杰出的当代作家最精湛的作品也注定难寻知音。评论家们拍胸脯保证的"永生之泉"，女性读者无论如何都难以在这些作品里找到。不仅由于这些书颂扬男性美德、推行男性价值观、描写男性世界，还因为这些书里的字句是用女性无法理解的情感铸就的。故事还没结局，读者就能察觉到这种情感。它悄然酝酿着，随时准备倾泻而下。它将会砸到老乔利恩的脑袋上，把他吓死。年老的牧师将在葬礼上为他发表两三句简短悼词，与此同时，泰晤士河上所有的天鹅会一齐举项高歌。在这一切发生前，我就会匆忙逃离，藏到醋栗丛里去。因为对男性而言，深沉、含蓄、极富象征意义的感情，却会让女性疑惑不解。在吉卜林笔下，军官们转身亮出**脊背**；播种者四处**播撒**生命的种子；**男子汉**们兀自忙活于自己的**使命**，还有高扬的**旗帜**……这些加粗的字眼会令女读者面红耳赤，宛如被当场抓到正在偷听一场只给男性发放入场券的荒淫狂欢。事实上，高尔斯华绥和吉卜林身上都根本没有女性气质，一句话，在女性眼中，他们的一切品质都粗俗而幼稚，无法激发任何思考与联想。这样的书，不管用多大力气撞击心灵的表面，都不可能深入人心。

突然，我感到坐立不安，从书架上取下些书，读也没读，又塞回去。在这样的情绪中，我开始设想一个即将到来的阳刚时代，它充满着纯粹而自信的男子气概。正如教授们的书信［例如沃尔特·罗利爵士（Sir Walter Raleigh）写的那些］做出的预言，意大利的统治者已将其付诸实践。因为在罗马，人们很难不被那种纯粹的男性气质震撼。无论这种纯粹的男性气质对国家有何价值，人们都可能质疑它对诗歌艺术的影响。不管怎样，报上说意大利人对小说感到有些焦虑。专家、学者们召开了致力于"发展意大利小说"的会议,出席者都是"因血统、金融、工业或法西斯团体而地位显赫的先生们",而后他们向墨索里尼发去电报:"愿法西斯时代不久便能孕育出一位足以匹配它的诗人。"我们可以加入虔诚许愿的行列,但诗歌能从孵化器中诞生吗?这非常值得怀疑。诗歌应该既有母亲,也有父亲。我怕法西斯式的诗歌是个吓人的死胎,就像我们有时候在乡下博物馆里看到的那种玻璃罐中的东西。据说,这种怪胎都活不了多久,人们从未见过长大成人后的他在田野里割草。脖子上多长一颗脑袋,并不能延长生命。

不过,如果一定要追究责任的话,这一切罪过应由两性共同承担。所有诱惑者与改革者都有责任:贝斯伯勒夫人对格兰维尔勋爵撒了谎,而戴维斯小姐对格雷格先生说了实话。所有使性别意识觉醒的人都难辞其咎,正是他们驱使我,试图通过阅读来锻炼自己各方面的能力时,不得不回到戴维斯小姐和克拉夫小姐出生前的幸福年代,当时的作家能够平衡地使用心智的两面。我们又要绕回莎士比亚身上,因为他的心智是雌雄同体的；济慈、斯特恩、库珀、兰姆和柯勒律治也是如此；雪莱也许是无性别的；而弥尔顿和本·琼森身上的男性气质稍嫌过多，还有华兹华斯[2]与托尔斯泰。我们这个时代，普鲁斯特是完全的雌雄同体，有时甚至过于女性化了一点儿。但这种情况极为罕见，我们也没必要有何怨言。若没有两性特质的混合，逻辑思维就会称霸，而心智的其他方面则会僵化。但这可能只是暂时的，我这样安慰自己。我信守承诺，向各位袒露自己的心路历程，而它们都是过去那一刻的想法。尚未成年的你们或许无法信任我双眼中闪耀的信念。

即便如此，我走到写字台前，拿起那张写着"女性与小说"标题的纸，要写的第一句话就是：关注自己的性别对任何写作者来说都是灭顶之灾。单纯做个男人或是女人，都会要了写作者的命；我们必须拥有异性的部分特质。女性写作时，如果稍微提起自己性别承受的不公，哪怕是仗义执言，只要有意识地以女性身份发表言论，就将遭遇灭顶之灾。"灭顶之灾"不是打比方而已，因为任何有意识偏袒某一方的写作都注定死路一条，它失去的是提供养分的土壤。不论它看着有多引人入胜、影响深远，也不论它文笔多么精湛、感人肺腑，最多也只能坚持两天时间。只要夜幕降临，就必将枯萎，它无法在人们心底生根、发芽。唯有男女两性的思维通力合作，创造之花才能绽放。创作成功的关键在于截然相反的两面融为一体。作者若想将自己的体验充分传达给读者，就必须使心灵之门洞开，自由与平和缺一不可。要排除一切噪声干扰，创造密不透光的环境，把窗帘紧紧拉上。我想，作家一旦完成了体验，就应该靠在椅背上，沉浸于黑暗之中，庆祝这种融合的完成。到底发生了什么，他不该去看，也不该去问。相反，他应当摘下玫瑰花瓣，或是静静地看着河里悠然畅游的天鹅。我又看到了那股带走小船、大学生和枯叶的水流，又看到了出租车接走的那一男一女，我想，他们穿过街道走到一起，再随水流而去。远处传来伦敦市车水马龙的喧嚣声，我想，他们也进入那滔滔洪流当中去了。

至此，玛丽·贝顿的话就说完了。她已经告诉你们，她如何得出了自己那番平淡无奇的结论——如果你想写小说或诗歌，你需要每年五百英镑的收入，以及一间可以上锁的房间。她已经尽力表达——什么使她这么想，又是什么给她留下了这些印象。她请你们跟着她撞上一位学监，跟着她在不同地方用了午餐和晚餐，跟着她到了大英博物馆画了幅画，跟着她从书架上取下一本又一本书，从窗口向外张望。当她忙于这些事情的时候，你们肯定会注意到她的不足与瑕疵，琢磨这对她观点的影响。你们一直在反驳她，凭着自己的喜好对她的观点添枝加叶、断章截句。这些都无可非议，毕竟只有把各类谬误摆在一起，真理才能最终显现。现在，我将以我个人的身份结束这次演讲。首先，我要提前回应你们即将提出的两条批评——它们太明显了，你们不可能不提。

其一，你们可能会说，我并没有分析两性写作者创作上的优劣。确实如此，但我是有意为之的。因为，时机未到——当下，了解女性的经济状况如何，是否拥有独立空间，远比空谈她们能力的高下重要得多——且即使时机合适，我也不相信天赋（无论是心智还是品格方面）可以像方糖和黄油一样以重量来衡量，即使在最擅长把人分类、戴上高帽、加上头衔的剑桥也做不到。我不相信你们在《惠特克年鉴》里查到的尊卑序列表能够代表价值的最终秩序，也没有任何理由相信巴斯勋爵在晚宴时会跟在精神病鉴定司法官身后进入餐厅。这一切性别之间的竞争、特质之间的较量、尊己卑人的行径，都存在于人类的"中小学"阶段。这一阶段的人们分属各自的"阵营"，必须争出个输赢，登台从校长手中接过华美的奖杯是头等大事。而随着人们逐渐成熟，他们不再相信阵营、校长或华丽的奖杯。无论如何，要给书籍贴上永不脱落的价值标签是出了名地困难。对当代文学的评论，不正是这种评价难度永不褪色的例证吗？同一本书会被誉为稀世奇珍，也会被弃如敝屣。赞美和责备都没有任何意义。不，测量固然可以当作消遣，但它终究是最无谓的行当，而对测量者俯首听命更是充满奴性的态度。写你想写才是最重要的。至于这种"重要"将流芳百世还是昙花一现，没有人说得准。可是，为了迎合某个手握银质奖杯的校长，或是袖中藏尺的教授，而牺牲你愿景中哪怕一根发丝、一抹色彩，都是最可耻的背叛。相比之下，曾一度被视为人间最大灾难——财富与贞操的丧失，也不过像是被跳蚤咬了一口。

其二，我想你们可能会质疑我过分强调了物质的重要性。就算我们宽宏大量地给象征主义留出一些空间，每年五百英镑象征深入思考的能力，而门上的锁意味着独立思考，你们可能还是会说，心灵不应囿于这些事物，而且那些伟大的诗人往往很清贫。那就请允许我在此引用你们文学教授的一段话，他比我更清楚是什么造就了诗人。阿瑟·奎勒-库奇爵士写道：[1]

> 让我们盘点一下近百年来诗歌史上的伟大名字。柯勒律治、华兹华斯、拜伦[3]、雪莱、兰多[4]、济慈、丁尼生、勃朗宁、阿诺德[5]、莫里斯[6]、罗塞蒂[7]、斯温伯恩[8]——就列到这里吧。除了济慈、勃朗宁和罗塞蒂，其他人都读了大学。三人中，只有英年早逝的济慈是真正的穷小子。尽管这一事实说来残酷且悲哀，但"文思会平等地绽放在贫瘠与肥沃的土地"这种说法实在难以为信。事实是，这十二个人里有

---

[1] 《写作的艺术》(The Art of Writing)，阿瑟·奎勒-库奇爵士（Sir Arthur Quiller-Couch）著。

九个读过大学,这意味着他们各凭手段搞到了钱,接受了英国最好的教育。而另一个事实是,没上过大学的这三个人中,你们知道的,勃朗宁是富家子。我敢打赌,如果不是家境优渥,他就写不出来《索尔》或《环与书》(*The Ring and the Book*);同样,如果拉斯金[9]的父亲不是大商人,他也不可能写出《现代画家》(*Modern Painters*)。罗塞蒂有一小笔个人收入,而且他还能卖画赚点儿外快。就只剩下济慈了,于是命运女神阿特洛波斯[10]早早剪断了他的生命之线,就像她在疯人院里带走约翰·克莱尔(John Clare)的生命,又让绝望的詹姆斯·汤姆森(James Thomson)服用阿片酊那样。这些事实何其令人心碎!但我们必须直面它们。虽然这使我们的国家蒙羞——但不得不承认,由于我们联邦的某些弊病,穷苦的诗人从两百年前到今天,没有一点儿机会。相信我的话——我花了十年时间,将大部分精力投入在对三百二十多所小学的观察上。我们把民主挂在嘴边,但实际上,英国的穷

孩子想获得能孕育伟大作品的自由，其希望之渺茫，与雅典奴隶的儿子几乎无异。

没人能说得比他更直白了。"穷苦的诗人从两百年前到今天，没有一点儿机会……英国的穷孩子想获得能孕育伟大作品的自由，其希望之渺茫，与雅典奴隶的儿子几乎无异。"就是这样。思想的自由根植于物质条件，诗歌创作以思想自由为土壤。女性向来贫穷。这不仅是最近两百年的事情，而是自鸿蒙之初便如此。她们的思想的自由少得可怜，甚至还不如雅典奴隶的儿子，她们写诗的机会也微乎其微。正因为如此，我才如此强调金钱和一间属于自己的房间有多重要。然而，多亏了那些默默无闻的女性先驱（我希望我们能更多地了解她们），虽然这么说很怪，但多亏两次战争——克里米亚战争[11]将南丁格尔从起居室解放出来，大约六十年后，欧洲战争又为普通女性打开了机会之门，前述的积弊才得到改善。若非如此，你们今晚就不可能在这里齐聚一堂；若非如此，你们每年挣到五百英镑的机会——尽管我觉得如今也是朝不保夕——也将微乎其微。

不过,你们可能会问,为什么我如此重视女性写作?按我的说法,这需要女性付出大量努力,可能会害死自己的姑妈,还一定赶不上午宴开席,甚至可能与一些德高望重的院士产生严重争执。我承认,我有一部分动机是自私的。像大多数没受过教育的英国女性一样,我喜欢阅读——我喜欢读大量的书。最近我的阅读清单变得有些单调。历史书里尽是战争,而传记又只为伟人歌功颂德。诗歌,我认为,已经走向贫乏,而小说——我就不多说了,已经充分暴露了自己是个多么蹩脚的小说评论者。总之,由于这一原因,我恳请各位去写各种类型的书,无论主题琐碎还是宏大,都不要迟疑,尽快动笔吧。我希望你们能想方设法地获得足够的钱,能够远行、消磨时光、思考世界的历史与未来、徜徉于书海、漫步在街头,让思绪的钓线在溪流中深深下潜。我绝不是只准你们写小说。如果你们愿意让我(以及成千上万像我这样的人)高兴,你们就该写旅行和探险、研究和学术、历史和传记,写文学批评、写哲学,还要写科学,这样做,必然会对小说艺术有所助益。书籍之间总是相互影响的,小说与诗歌、哲学齐头并进,势必会更上层楼。此外,如果你们细想过去那些伟大的女作家,例如萨福[12]、紫式部[13]和艾米莉·勃朗特,你会发现她们既延续传统,又开创未来。她们的作品之所以流传,是因为写作之于女性已是习惯成自然。所以,即便只是诗歌的序曲,各位只要动笔,就意义非凡。

但是当我回头翻阅自己的笔记、评判自己的思路,我发现,我的动机并非全然自私。我的评论及论述中,一以贯之的是某种信念——或者说,本能——好书令人心向往之,而好作家,即使展现出各种人性的堕落,也依旧是善良之人。再堕落也依旧是好人。所以,我请求你们多写书,也是在敦促你们做好事,这对你们自己以及全世界都有好处。我不知道如何证明这种本能或信念的正确性,因为一个没有接受过大学教育的人很容易被这些高深莫测的词汇弄得昏头昏脑。"现实"的真正含义是什么?它似乎是一种变幻莫测、极不可靠的东西——时而出现在尘土飞扬的道路上,时而出现在街上的半张报纸里,时而出现在阳光下的一朵黄水仙之中。它可以让房里的人群喜形于色,也能让不经意的言辞深入人心。当人们在星空下走回家时,它可能突然出现,压倒一切,使周遭默然的世界比言语更加真实。之后它又出现在热闹的皮卡迪利大街上驶过的一辆公共汽车里。有时,它太遥不可及,令我们无法辨识本质。但无论它触及什么,都会将其定格,使其成为永恒。当这一天的表象被扔向树篱之后,留下的便是现实;是似水流年的沉淀,是我们爱恨的遗痕。在我看来,作家比其他人更有机会深入体验这种现实。他的责任是发现它、整理它,并将它传递给我们,至少我是读了《李尔王》、《爱玛》或《追忆逝水年华》之后,得出这一推论的。阅读这些作品仿佛是在对感官进行一场奇特的针拨白内障手术。手术完成后,我们的视觉将更加敏锐,世界仿佛掀开了面纱,显得分外生动鲜活。能够与非现实的生活划清界限的人是令人艳羡的;那些不加思考也不问缘由,浑浑噩噩做事的人,最终也吃了大亏,实在让人于心不忍。因此,我请你们去挣钱、去争取自己的房间,实际上就是要求你们活在现实之中。无论我们能不能将它妥善表达,我们都要活得饱满而蓬勃。

说到这里,本来就该结束了。不过依惯例,所有的演讲都得由掷地有声的结束语收尾。想必你们也同意，这场为女性而作的演讲，结束语应当有些振聋发聩的内容，激励听众成为更高尚的人。我想恳求各位牢记责任，向更崇高、更有精神内涵的生活迈进；我也想提醒各位，未来有多少事情要仰仗你们努力，你们将如何深刻地影响未来。但我认为这些劝导可以放心交给另外一个性别来做，他们的口才比我出色得多，完全胜任这样的论述，实际上他们早就在这么做了。我搜索枯肠，却没找到什么关于同舟共济、追求平等或影响世界的崇高理念。我发现自己只能平淡地说出这么短短一句：忠于自我，胜过一切。如果要更冠冕堂皇些，那么我要说，别幻想影响他人，请着眼于事物的本质。

翻阅那些报纸、小说和传记，我再次意识到：女性与其他女性交谈时似乎总怀有一些隐秘的恶意。女人总是刁难女人。女人总是厌恶女人。女人——你们会不会已经听腻了这个词？反正我可以向你们保证，我说腻了。那么，让我们达成共识：一篇由女性向女性宣读的文章，应该以一些尤其逆耳的话来结尾。

不过,这些话该怎么说呢?我能想出什么跟你们说?其实,我往往是很喜欢女人的。我喜欢她们能打破常规,喜欢她们的兼容并蓄,喜欢她们的名不见经传。我喜欢——但我不应该这么说下去。那个橱柜——你们说里面只有干净餐巾,但万一阿奇博尔德·博德金爵士(Sir Archibald Bodkin)藏在里面呢?那就让我换个严厉些的语气继续说吧。我刚才已经充分向你们传达了众人的警告和谴责,对吧?我跟你们说过,奥斯卡·勃朗宁先生对你们评价颇低。我也指出了过去拿破仑怎么看待你们,现在墨索里尼又怎么看待你们。然后,万一你们之中有人想写小说,我也抄录了评论家的建议,希望你们勇敢地承认自己性别的局限性,这是为了你们好。我引用并强调了 X 教授的言论:女性的知性、道德与身体能力,全方位低于男性。这都不是我刻意搜罗的,我只是把自己的所见所闻原原本本地分享给各位——最后一条忠告,来自约翰·兰登·戴维斯先生[①]:"当孩子不再必不可少时,女性也将

[①] 《女性简史》(*A Short History of Women*),约翰·兰登·戴维斯(John Langdon Davies)著。

变得可有可无。"希望各位好好记住这句话。

我还能如何进一步激发你们对生活的热忱呢？年轻的女士们，我想说，请注意，因为我要开始结束语了。在我看来，你们的无知简直可耻。你们从未做出任何重大发现。你们从未撼动过帝国，也从未领军打仗。莎士比亚的戏剧不是你们写的，你们也从未将任何野蛮民族导向文明。你们能找什么借口呢？这个星球上所有熙熙攘攘的街道、广场和森林，到处挤满了黑色、白色和棕色皮肤的人，大家都忙于社会互动、企业经营、情感生活，你们大可指着这些说，"因为我们手头一直有别的事情要做"。乍一听，你们的观点似乎无可非议。毕竟，没有我们的努力付出，就不会有人类大航海的探索，绿洲也会变为沙漠。据统计，世界上目前有十六亿两千三百万人口。这么多人都由我们生养和哺育，我们还得给他们洗澡、教他们学习，得花上六七年工夫。即使有人分担，这也是相当耗时的任务。

你们说的全是事实，这些我并不否认。但与此同时，我想要提醒各位：自1866年以来，英国已经有了至少两所女子学院；1880年之后，法律允许已婚妇女拥有自己的财产；1919年，女性获得了投票权——已经整整九年了。我还得提醒各位，社会上大多数职业已经向女性开放，这也快要十年了。你们好好反思反思，多年来你们已经享有了权利，目前有大概两千名女性能以各类方式获得超过五百英镑的年收入。思及这些事实，你们就应当承认，所谓缺乏机会、训练、鼓励、闲暇与金钱，种种借口都已不再成立。还有一点，经济学家告诉我们，塞顿夫人生的孩子太多了。你们当然还是要生儿育女，但就像他们说的那样，两三个足矣，不要一生就是十个、十二个。

如此，各位会拥有些许闲暇，能掌握些书本知识——你们已经学够了另外一类知识，而且我怀疑，你们被送来读大学，多少也是为了摆脱那类知识的影响——那么，你们理应在这条极为漫长、辛苦、充满不确定性的道路上，迈出下一步。千万支笔蓄势待发，随时准备为你们提供行动指南乃至成果分析。而我的建议或许没有那么脚踏实地，我承认这一点。所以，我更愿意把它写进小说里。

我在前文中曾告诉你们,莎士比亚有个妹妹,但请不要到西德尼·李爵士(Sir Sidney Lee)的莎翁传记[14]里去找她。她早就离开了——唉,她没能留下一个字。她被葬在象堡对面,那里现在是个公共汽车站。而现在,我相信这位从未写过一个字、被埋葬在十字路口的诗人依然活着。她活在你我心中,也活在今晚不在场的众多女性心中——她们此刻正忙着清洗碗碟、哄孩子睡觉。她并未消逝,因为伟大的诗人不会真正死去,伟大的诗人始终与我们同在,只是需要一个重新行走于人间的机会。我认为,这个机会已经握在各位手中,现在正是好时机。因为,我相信,如果我们再生活一百年——我说的这种生活,是现实中的公共生活,而非个人生活于孤立的一隅——并且每人每年拥有五百英镑收入,还有一间属于自己的房间;等我们习惯了自由,有勇气如实写出自己心中所想;等我们能从平凡的起居室离开片刻,不仅看见人与人之间的关系,还能看见人如何在现实世界中生存;等我们能了解天空、树木或其他事物的本来面貌;等我们的目光能越过弥尔顿的阴影,任何人都没资格蒙上你的眼睛;等我们能正视现实——我们无所凭依,确实只能独自前行,我们是与现实世界发生着关系,而非仅限于男女之间。直到那时,机会就将降临。那早已殒命的才女——莎士比亚的妹妹,将重现人间,拾起她过去屡屡被迫放下的诗笔。她会像自己的兄长一样,从无名先驱者的作品中汲取生命活力,继而重生。但是,如果我们不做好准备、不付出努力、不下定决心,让她重生后能尽情施展才华,就不该对她的出现抱有不切实际的妄想,那样的期待终究会落空。但我坚信,如果我们努力,她终将归来。即使贫困交迫、无人问津,一切努力也值得。

尾注

1 安妮·杰米玛·克拉夫（Anne Jemima Clough，1820—1892），是英国早期的妇女参政主义者，也是女性高等教育的推动者，是纽纳姆学院的第一任校长。

2 威廉·华兹华斯（William Wordsworth，1770—1850），英国浪漫主义诗人，与雪莱、拜伦齐名，是湖畔诗人的代表之一。他的诗歌理论推动了英国诗歌的革新和浪漫主义运动的发展。

3 乔治·戈登·拜伦（George Gordon Byron，1788—1824），英国浪漫主义诗人，代表作品有《恰尔德·哈洛尔德游记》（*Childe Harold's Pilgrimage*）、《唐璜》（*Don Juan*）等。

4 沃尔特·萨维奇·兰多（Walter Savage Landor，1775—1864），英国诗人、散文家，精通希腊、罗马文学，代表作是《假想对话集》（*Imaginary Conversations*）。

5 马修·阿诺德（Matthew Arnold，1822—1888），英国诗人、评论家，英国维多利亚文学代表人，重要作品有《文化与无政府状态》（*Culture and Anarchy*）。

6 威廉·莫里斯（William Morris，1834—1896），英国设计师、诗人、画家、工艺家。他的设计作品引发了美术史上的"工艺美术运动"，还创立了现代的奇幻文学。

7 但丁·罗塞蒂（Dante Rossetti，1828—1882），克里斯蒂娜·罗塞蒂的哥哥，画家、诗人，对威廉·莫里斯的美术创作有很大的影响。

8 阿尔杰农·斯温伯恩（Algernon Swinburne，1837—1909），是英国维多利亚时代的重要诗人和文学评论家。

9 约翰·拉斯金（John Ruskin，1819—1900），又译作约翰·罗斯金，英国作家、艺术家、艺术评论家、哲学家、教师。他因《现代画家》（*Modern Painters*）一书而成名。

10 阿特洛波斯是希腊神话中命运三女神中的第三位，是掌管命运和宿命的女神。阿特洛波斯通过割断凡人的生命之线来结束他们的生命，她的两个妹妹一位负责纺线，另一位则负责测量线的长度。

11 克里米亚战争，是1853年至1856年，俄罗斯与英法争夺小亚细亚地区权力的一场战争。

12 萨福（Sappho，约前630—前570），又译莎芙、莎孚，古希腊著名的女抒情诗人，被柏拉图赞为缪斯附体。萨福的诗歌以表达个人情感著称，尤其是爱情和欲望的主题，作品对后世产生了深远的影响。她的诗歌大多已经失传，现存的只有一些片段，其中最完整的作品是《阿佛洛狄忒颂》（*Ode to Aphrodite*）。萨福还因其诗歌中对女性爱情的描写而成为女同性恋的象征，英语中的"lesbian"和"sapphic"两个词都源自她家乡的名字和她的名字。

13 紫式部（973—1014），日本平安时代女作家、歌人及宫廷女房，代表作是《源氏物语》，这部作品通常被认为是世界上最早的长篇小说之一。紫式部的作品对后世日本文学产生了深远的影响，在日本文学史上占有举足轻重的地位。

14 指的是西德尼·李所写的《莎士比亚的一生》（*Life of William Shakespeare*）一书。

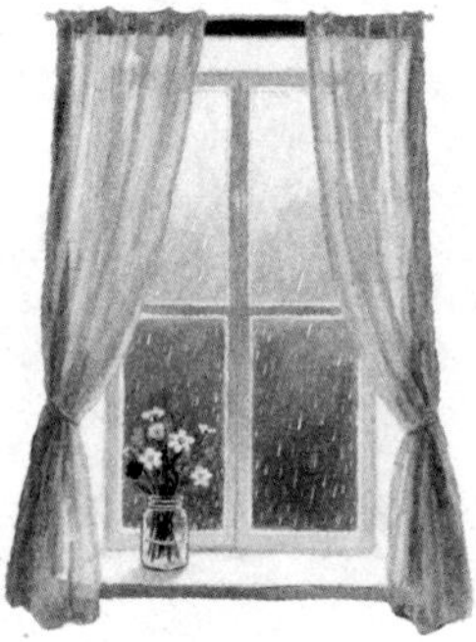

即便只是诗歌的序曲,
各位只要动笔,就意义非凡

2